TORINO-CAP

(e il pinguin

Dello stesso autore presso Bompiani:

La negligenza

Enrico Pellegrini

TORINO-CAPONORD

(e il pinguino stellato vestito di seta)

Bompiani

Via Mecenate, 91 - 20138 Milano
I edizione Bompiani marzo 1999

ISBN 88-452-4033-9

"E piegherai
sotto il fascio mortal non renitente,
il tuo capo innocente."

Giacomo Leopardi, *La ginestra*

a nonna Cesare
e a nonno Migliardi

Preambolo
Il cielo non casca per simili inezie

– Enrico Pellegrini è nato a Torino nel 1971. Ha esordito a diciannove anni con *Cuor di Panna* (Edizioni Milvia). Questo è il suo secondo romanzo. E il primo? –

Spiegai al signore dall'altra parte della cornetta che si trattava di una piccola casa editrice.

– Non si trova in libreria – disse facendo una pausa breve.

Mi informò che aveva recensito *La negligenza* e che era curioso di leggere quella prima opera, indicata nel risvolto di copertina.

– Edizioni Milvia – ripetei.

– Purtroppo non esiste un editore con quel nome – rispose l'uomo e mi sembrò di sentire una risata sommessa.

Gli dissi che il prezzo di copertina era di Lire 15.000, che era stato stampato dalla Tipografia Torinese S.p.A. e che le sei pagine di prefazione si concludevano pressappoco così "*Cuor di Panna* è un documento di transizione e come tale va preso". La firma era di Furio Colombo.

– Oppure Josif Brodskij? – mi domandò divertito.

Anch'io risi. Poi inviai al suo domicilio il seguente passaggio di *Cuore di tenebra* in cui parla Marlow.

"Voi sapete che odio, detesto, non sopporto le bugie, e non perché sia più sincero degli altri, ma semplicemente perché mi fanno orrore. C'è nelle bugie un tocco di morte, un sapore di mortalità – che è esattamente ciò che odio e detesto al mondo – ciò che voglio dimenticare."

Ecco, quindi, quel primo romanzo, riproposto con il suo titolo orginale: *TORINO-CAPONORD (e il pinguino stellato vestito di seta).*

Cuor di Panna, il titolo con cui venne pubblicato all'epoca, è il nome di un quadro di mio padre Max (il quadro fu riprodotto sulla copertina e ora è nascosto qui dentro nella sua integralità).

Anche l'idea del libro, comunque, o meglio la struttura di esso, deve essere attribuita a mio padre. Infatti, quando nel 1987 gli diedi da leggere, per la prima volta, *TORINO-CAPONORD*, lui mi rispose che l'aveva già letto.

– Non è possibile, papà –

Si ricordava, appunto, di un quaderno di viaggio che avevo scritto tra il 1980 e il 1982: *Il pinguino stellato vestito di seta.*

– Chez Maxim's, il Louvre, Madame Tussaud... – disse sfogliando *TORINO-CAPONORD* – È tutto uguale –

Gli feci notare che Enrico non riusciva a entrare da Chez Maxim's.

– Remo, invece, sì – sorrise lui.

– Il viaggio, forse, è lo stesso, ma sono due storie diverse, scritte in tempi diversi – dissi protestando.

– Appunto, se metti le due storie insieme diventa una gara... –

– Una gara tra l'infanzia e l'adolescenza...? – domandai.

– Anzi, una sfida –

Così unii i due racconti e, dopo tre anni, il 5 marzo del 1990, una casa editrice di Torino, le Edizioni Milvia, decise di pubblicare il romanzo.

– Il sole di mezzanotte a Natale? – domandò Max con stupore, mentre mi aiutava nell'ultimo giro di bozze – È un po' grossa questa –

– Voi sapete che odio, detesto, non sopporto le bugie –

– Ah, le bugie... – disse guardandomi, improvvisamente, con aria severa – Che cosa risponde Marlow alla donna di Kurtz nell'ultima pagina? Sì, quando lei gli chiede quali sono state le ultime parole del suo amato Kurtz –

Poi Max sorrise con dolcezza – Dovresti leggerlo fino in fondo, quel libro... –

Torino, giugno 1986

Al di là della luce bianca non c'era niente.

Noi stavamo sul palco.

Facemmo una decina di pezzi. Nello scantinato della villa di Spike ci applaudivano alcuni compagni di scuola. Erano le undici, era estate.

Suonavo male. Avevamo visto i cartelloni fuori da scuola. Mi rimaneva impressa la faccia di Spike, rischiava tre materie. Lui si presenta, si avvicina con la maglietta un po' strappata, barcolla e sorride. Poi solleva la lattina che stringe nella destra e dice – Cannato – E cade.

Alla fine del terzo pezzo Gian Andrea fece un assolo. Le ragazze gridarono forte quando le luci illuminarono la sua chitarra rosa fucsia. Dopo avere lanciato il microfono, si buttò giù dal palco anche lui. Un piccolo boato si alzò nella stanza e lo vedemmo risalire, bello come un toro di San Fermin, l'indice rivolto verso l'alto.

– Gian sei stupendo! –

Spike suonava la batteria con foga, sembrava sparasse. Le gocce di sudore gli cascavano dai capelli sul mento. Aveva il collo lucido e magro. A volte, faceva un gesto inconsulto con il corpo.

Arrivò l'ultimo pezzo. Prese il tamburello e andò verso il microfono.

Io e Gian smettemmo di suonare. Il boato scomparve e nella stanza si fece silenzio. Gli spettatori sembravano ansiosi.

Lui non si reggeva in piedi e si aggrappava al microfono. Chiuse gli occhi per trovare un po' di forza. Poi incominciò.

– This is the end, my beautiful friend,
the end, my only friend, the end,
I'll never look into your eyes again.
Father, I want to kill you,
Mother, I want to fuck you,
this is the end my beautiful friend,
the end,
this... is... the... end! –

Questo fu l'ultimo brano. Era un pezzo celebre, l'ultima canzone di Jim Morrison prima di scomparire. E negli occhi di Spike, straziati dalle cose, c'era la fine. Una splendida interpretazione. Poi le luci si spensero e sentimmo le voci e gli applausi.

Lo scompartimento era vuoto. Qualcuno aveva lasciato una bottiglia d'acqua sul tavolino vicino al vetro.

Posammo i nostri zaini sui sedili e ci sedemmo.

Gian Andrea accese la radio, prese una sigaretta dal taschino della camicia e incominciò a fumare.

Fuori faceva freddo e c'era nebbia. Lungo la ferrovia un corvo, grasso come un pollo, dormiva sui rami più bassi di un albero. Ogni tanto posavo gli occhi sulla copertina di *Propilei* – il libro di grammatica greca che tenevo in mano – poi mi alzavo e andavo nel corridoio del vagone. Per un attimo, una fattoria in mattone rosso e una gabbia di pannocchie attraversarono il finestrino. Era iniziata la seconda settimana di novembre.

– Che cazzo di giornata... – sospirò Gian Andrea guardando a terra – Ho fatto bene a mettermi lo Scott, fa un freddo porcello –

Viaggiavamo da un'ora. Eravamo partiti senza un vero motivo. Io andavo al Massimo D'Azeglio, i miei due amici studiavano in un istituto privato: Gian Andrea al Maffei, Spike ripeteva la prima liceo scientifico al Margara. Era stato faticoso convincere i genitori ma nonna Cesare, con il fazzoletto azzurro che sbucava dalla manica della sua camicetta, aveva combattuto al mio fianco.

– Shalalalà... – canterellava Gian Andrea contemplando l'eleganza del suo portacassette – Spengo la radio, altrimenti mi consumo le pile –

Era già buio, si accesero le luci nello scompartimento. In fondo al corridoio del vagone entrò il controllore.

– Biglietti, prego... –

Una bambina si mosse strillando, la porta sbatté e

Spike, distratto dalla lettura di *La ginestra*, si alzò e uscì. Quella sensazione ignominiosa che accompagna la fuga di un eroe ci portava via.

A notte fonda, mi svegliai. Avevo dormito, credo. Il treno viaggiava lentamente nel buio. Una luce, pallida e azzurra, scivolava sul viso dei miei due amici; dormivano. Stravaccati sul sedile, avevano una faccia bislacca, sincera ma non giovane, non allegra, non piena di vita come la conoscevo io. Uscii per un attimo dallo scompartimento, avevo nausea, rientrai.

Il respiro di Gian Andrea e di Spike era diventato pesante, ansimavano. Un velo di sudore stava sulle loro tempie.

I capelli di Gian Andrea avevano perso l'ossatura del gel e scivolavano sulla sua fronte come rami bagnati. L'abbronzatura si rompeva e si staccava dalle guance e dal collo; sembrava fondo tinta secco. Lo vedevo respirare sempre più affannoso.

Mi alzai e incominciai a scuoterlo piano per svegliarlo.

– Gian, Gian... che cos'hai? –

– Cazzo vuoi?! – brontolò girando la testa dall'altra parte.

Anche quella sera Remo corse su per le scale in marmo grigio e suonò il campanello: aveva undici anni e qualche mese; dato che era troppo piccolo per rimanere a casa da solo, il sabato, quando i genitori uscivano, andava a mangiare dal suo nonno di ottantatré anni.

Al suono del campanello seguirono i passetti di Teresina, l'anziana governante, che aprì la porta; era una donna curva, i suoi occhi, senza motivo, rimanevano sgranati e la bocca nascondeva i denti che sembravano ancora da latte.

Dopo averla baciata sulla guancia, Remo attraversò il corridoio; in fondo alla sala era seduto il nonno, davanti al telegiornale delle venti e trenta; aveva gli occhi piccoli e azzurri mentre i capelli, profumati di colonia, si arricciavano sul collo.

Nonno e nipote si scambiarono trenta baci, poi Remo, accompagnato dall'odore della pasta che stava cuocendo, uscì sul balcone della camera da pranzo, si appoggiò alla ringhiera polverosa e rimase lì a guardare.

La via si stava svuotando, i negozianti tiravano giù le serrande e si chinavano per chiuderle, le luci si accendevano nelle cucine dei palazzi e l'ultimo tram scompariva in fondo a Via San Secondo, lasciandosi dietro una scossa di elettricità.

Quando la strada fu vuota, Remo vide qualcosa muoversi nel cielo, si stropicciò l'occhio sinistro a cui mancavano due diottrie.

Un aereo giallo sbucò da una nuvola e planò lentamente; lo sportello si aprì e un piccolo uomo, vestito anch'egli di giallo, saltò a terra; dietro di lui scese una bambina con un tutù rosa, colore fiore di pesco, che teneva in mano un ombrello di pizzo e trascinava dietro di sé un cammello; sulla gobba del cammello avevano legato un baule, mentre nel suo pelo vi erano due manciate di sabbia dorata.

A passo di polka, l'ometto vestito di giallo si mosse nella direzione del baule e tirò fuori un tappeto impolverato; la bambina prese un ventaglio dalla sua borsetta e, muovendolo lentamente, fece volare via la polvere; quando il tappeto fu pulito, l'ometto lo tirò nella direzione del balcone di Remo, il quale scese a terra e, dopo essersi inchinato davanti alla bambina in tutù rosa, salì sull'aereo.

Viaggiarono per alcune ore, Remo era seduto nel suo posto preferito da cui poteva vedere i reattori dell'aeroplano; finalmente il pinguino stellato vestito di seta gli annunciò che erano arrivati.

– Mi raccomando, comportati bene – gli disse il pinguino tendendogli una vela bianca.

Remo si aggrappò alla vela e si lanciò nel vuoto.

Si buttava da una nuvola all'altra; i nuvoloni stavano in fila come trattori: erano fatti di zucchero di canna oppure di bastoncini di cotone – quei bastoncini che Remo usava per pulirsi le orecchie – oppure di bicchieri di latte, e Remo scivolava nelle nuvole, cercando di penetrare nel loro deposito di pioggia; infine, afferrò una nube di nome Sebastiano che scendeva velocemente.

Ora Remo vedeva una terra verde, macchiata di quadrati gialli; Sebastiano scese ancora e, a un paio di metri dal suolo, si ribaltò; Remo andò a sbattere la testa contro un albero di arance.

– Paris, Paris, Gare de Lion –

Scendemmo la scaletta del treno, accompagnati dalla voce stonata dell'annunciatrice.

Eravamo stati svegliati, in modo brusco, da un facchino francese che rideva già di prima mattina. Svegliarsi in quel modo – senza potere perdere un istante per ricordare il sogno fatto nell'ultimo quarto di notte – mi fece pensare alle prime due ore di greco al Massimo D'Azeglio.

– Minchiaccia! Ho dimenticato i Concert sul treno, aspettate qua – disse Gian Andrea tastandosi il taschino della camicia.

I suoi occhiali avevano una lente marrone e rettangolare. Gian sosteneva che i Concert, e non i Ray-Ban, disegnavano una bella ombra sui suoi zigomi.

– Che culo, stavo per perdere cent'ottanta carte! A te Spike che sei ricco da fare schifo non impipperà nulla, ma sono sempre cent'ottanta carte – disse Gian Andrea ansimando dopo la corsa – Cazzo, fa calduccio! Mi tolgo lo Scott e lo annodo allo zaino –

Sotto lo Scott Gian Andrea indossava una Controvento viola, sbottonata davanti, e un paio di Levi's rattoppati in un punto solo. La cintura del Charro era adornata da una fibbia d'argento che suo padre gli aveva portato dall'America.

All'uscita della stazione Spike – prima di depositare le valigie in albergo – volle entrare da un piccolo garagista, in una strada laterale. Le biciclette erano esposte in vetrina, mentre le moto stavano nel retro. Dato che eravamo minorenni e stranieri, il direttore dell'officina, Monsieur Martan, sollevò alcune obiezioni.

– Chiede mille franchi al giorno e pagamento anticipato, si fa?– domandò Spike a Gian Andrea.

– Eh, ciao balle! –

– Dice che non è sua abitudine affittare moto –

– Che pampalone, gli darei due sberle a 'sto Martan –

Prendemmo una Honda N.S. grigia e due Cagiva Elephant rosso ciliegia. Pagammo e lasciammo una caparra di tremila franchi. Ci impegnammo a consegnare le moto il quarto giorno, entro le quattro del pomeriggio, all'officina del Bois de Boulogne.

Quella prima mattina, ci sfidammo a gareggiare sui Quais e scommettemmo lattine di birra; anche se a me la birra non è mai piaciuta. Quando tiravamo la terza marcia, l'aria di novembre, come un grande ferro da stiro, ci appiattiva i capelli in testa. Distinguevamo a fatica le bancarelle di libri sui marciapiedi e ci divertivamo a girare in tondo all'Arco di Trionfo.

Verso le tre e mezza, decidemmo di andare a mangiare. Ci sedemmo a un tavolino rotondo del Lutetia, un bistrot che dava il fianco alla Senna e al ponte Louis Philippe. Guardavamo il fiume scorrere in silenzio.

– Que désirez vous? – domandò il cameriere.

– Una Coca – disse Gian Andrea.

– Un café crème s'il vous plaît – chiesi io.

– Una birra – disse Spike.

– C'est bon, un Coca, un café crème et une bière – riepilogò il cameriere controllando il taccuino e allontanandosi.

Aveva piovuto nella prima mattina. Alcuni tavoli erano bagnati e, a qualche metro dalle nostre gambe, due passeri facevano il bagno in una pozzanghera; il più intraprendente saltava su un tavolino e beccava le briciole sfuggite alla spolverata, veloce, del cameriere. Spike guardava la danza dei passeri con occhio intontito.

– Nuvolaccia di cacca, fa di nuovo freddo! Mi rimetto lo Scott e fumo una sigarettuccia – disse Gian Andrea accavallando le gambe.

– C'est cent francs – il cameriere infilò con due dita lo scontrino sotto il piatto del mio café crème.

– Eh, la peppa! Ventimila per tre stronzate, peggio che al Florian – commentò Gian.

– Cosa facciamo, adesso? – chiesi.

– A me acchiapperebbe andare a cercare un posticino un po' délabré per dormire e tre pulzelle con cui dormire meglio. Gustiamo cosa sforna il paese –

– Interessante, cosa dici Spike? –

– Dico che voi pensate solo a ciulare –

– Tu cosa faresti, brutto topo nero? – chiese Gian Andrea.

– Senti ciccino, topo nero sarà la minchia di tua nonna! –

– OK rosso, cosa vuoi fare? –

– Io andrei per bancarelle, sto cercando una spilla su Boris Vian... poi, mi piacerebbe vedere la tomba di Jim Morrison, è sepolto qui a Parigi –

– Ciao balle! Le spille va bene, ma la tomba di quel gaggio, no –

– Allora...? – chiesi.

– Si trova una petite auberge, si gireggia sui Quais,

così il pampalone cerca le sue spille e io mi occupo del materiale femminile. Poi ci mettiamo di lusso e andiamo da Chez Maxim's, quindi sotto le coperte per una chiavata da competizione. Vi acchiappa? –

Nessuno rispose, il programma andava bene per tutti.

Adesso in cielo, sopra i magazzini La Fayette, si addensava una coltre di foschia. Faceva freddo e non capivo perché Spike non lo pativa. Indossava una maglietta a maniche corte dei Sex Pistols. La marca dei jeans era stata cancellata con un pennarello nero, a punta spessa. I pantaloni erano ricoperti di spille e di scritte scure. Le scritte risaltavano sull'azzurro stinto e raccontavano, in alcuni centimetri di tela, la storia dei Clash. Due frasi, in stampatello, scendevano lungo la gamba sinistra. La prima era di Bruce Springsteen e diceva "I want to change my clothes, my hair, my face", la seconda non sapevo di chi fosse e sentenziava "I'm so bored with the USA". Ai piedi, Spike calzava un paio di scarpe da ginnastica blu. La suola penzolava e sul tacco di gomma erano disegnati una falce e un martello.

Verso le sette di sera, trovammo una pensione che ci piaceva. L'Hôtel du Sénat stava al fondo di Rue Saint Sulpice. L'insegna era storta e i vetri, impolverati, sembravano un mucchio di quadri sporchi. Alcuni vasi poggiavano su un termosifone.

Quando entrammo, l'usciere – il quale premeva la guancia destra su una rivista di automobili – si svegliò in modo brusco e si alzò un po' spaventato.

Si chiamava Alfredo.

Salimmo in camera e ci buttammo sul letto. Gian Andrea e Spike si accesero una sigaretta.

– Mi piace questo albergo – disse Spike.

– La pantegana ha trovato la sua tana! – rise Gian Andrea.

– Paninaro di merda –

– Boh, io mi faccio un bagnetto –

Tirai fuori dallo zaino le mie marche e incominciai ad allinearle nello scaffale, vicino al letto.

– Ti vesti di grigio, pampalone?– chiese Gian Andrea.

– Sì – dissi.

– Forse per Maxim's hai ragione, io tengo la tenuta di sempre. Così, comunque, le donne non le becchi –

– Come andiamo? –

– In taxi e non si chiede – disse Gian Andrea; poi, come se avesse ascoltato le sue stesse parole, aggiunse ridendo – Generazione combustibile –

Chiusi la portiera del taxi e fui colpito dalla luce cupa che proveniva dalle tende. Erano rosse e gonfie. Davanti all'entrata del ristorante, un portiere in livrea chiamò il maître.

– Monsieur – disse il maître guardando Spike – vous n'êtes pas venu déjeuner au Bois de Boulogne – Poi si allontanò.

Le palle gialle dondolavano davanti ai suoi occhi e Sebastiano ripartiva verso l'alto.

Remo si alzò stordito e diede un calcio all'albero d'arance contro cui era andato a sbattere, poi scavalcò il filo spinato e si ritrovò in un campo di granoturco; camminava in fretta; nella foresta di pioppi volavano uccelli bianchi e neri mentre nel prato di papaveri i fiori erano alti fino alle ginocchia e lo addormentavano; così Remo si sedette sotto un ciliegio per riposare.

A pochi metri da lui, un puledro legato a una staccionata prendeva il sole; era una cavalla tutta bianca e sul capo aveva una corona di spighe; a Remo piaceva il bianco.

– Come ti chiami? – le domandò.

Dato che la cavalla non rispose, Remo, colpito dal modo in cui scuoteva la criniera, la battezzò Allegra. Quando le saltò in groppa, dapprima Allegra si mosse in un trotto aristocratico, poi incominciò a galoppare con furia; a poco a poco, il paesaggio cambiava, il verde e i prati erano scomparsi, brillavano torbidi gli acquitrini e le paludi, i fenicotteri stavano impettiti sulle zampe e agitavano il becco ricurvo.

– Perché galoppi così in fretta? – chiese Remo aggrappandosi alla sella.

– Non voglio ritornare da loro –

Remo notò alcuni uomini dal fisico minuto; montavano cavalli bianchi come Allegra e urlavano parole incomprensibili a una mandria di tori.

Allegra continuava a galoppare, la sera scendeva e le acque stagnanti si allontanavano; Remo si arrampicò su una collina e si distese su un cumulo di paglia, poi chiuse gli occhi.

– Non mi dici buona notte? – chiese Allegra.

– Buona notte – disse Remo – E tu non mi dai la corona di spighe? –

Allegra nitrì e sgroppò in modo da fare cadere la corona ai piedi di Remo.

– Non dire niente agli uomini piccoli – si raccomandò la cavalla scuotendo la criniera un'ultima volta, poi galoppò via.

A svegliare Remo furono i contandini che lavoravano i campi di patate cantando una canzone sul mese di luglio; Remo assestò la corona di spighe dietro le sue orecchie e discese la collina, poi decise di seguire un sentiero in pietra, ricoperto di aghi di pino; l'aria era calda e asciutta; Remo entrava in un bosco di more, nei fiumi sgomitava con le trote, faceva la pipì in un torrente.

A un certo punto sentì uno scampanellio; proveniva dalla campana di un cane di pelo rosso, un setter irlandese; sulla targhetta annodata alla zampa era inciso il nome Dea.

– Sai parlare? –

La cagna trotterellò davanti a Remo fischiando la Morgenblätter *di Strauss.*

– Le pré chante, je vais à la grande ville –

Remo camminava dietro a Dea che continuava a fischiare.

– Conosci Allegra? –

– Lei si fa corteggiare – disse Dea sforzandosi di parlare in italiano – Io sono facile –

Ora si trovavano in un campo di sassi e a Remo

sembrava di scorgere qualcosa che saliva verso l'alto; non vedeva bene, c'era foschia.

– Che cos'è? –

– La tour Eiffel ou bien de Babel – rise Dea – la glace d'un fou, une pour moi, une pour toi –

Il sentiero si inoltrava in un bosco di pini marittimi; quando uscirono dal bosco, videro la torre; la sua ombra si stendeva ovunque e tagliava tutti i campi di granoturco; la torre saliva, saliva, fino a perdersi fra le nuvole.

– Tu sei mai stata lassù? –

– Non – rispose Dea.

– Conosci il linguaggio del pinguino stellato vestito di seta? –

– Oui – disse Dea sorridendo con malizia.

– Me lo chiami, per favore? –

Da una tasca che aveva nel ventre, Dea tirò fuori una bottiglia e la vuotò in terra; scrisse alcune frasi nell'acqua e riempì di nuovo la bottiglia, poi la sigillò e se la infilò tra le mascelle.

– C'est la tour de Babel – cantò la cagna alzandosi in volo verso Est.

Poco dopo arrivò l'aereoplano giallo e Remo si sedette al suo posto preferito.

– Hai ricevuto il messaggio di Dea? –

– Sì – disse il pinguino stellato vestito di seta, con uno sguardo severo – non dovresti legarti a certa gente –

– Ma che cosa fa ? –

– A volte la pittrice, a volte struscia la coda. Si comporta secondo i suoi istinti –

– Posso vedere la cima della torre? –

– Sì –

L'aereoplano salì, salì, oltrepassò l'ultimo strato di nuvole e raggiunse la cima.

Remo saltò sulla torre, si arrampicò su una rampa in marmo verde, poi su una scala antincendio, poi su una scaletta di carbone; finalmente era arrivato in cima: la cima era grande come la lettera "o", scritta in minuscolo, e era affollata di piccoli tulipani.

Remo guardò verso il basso e vide una città immensa.

– Posso visitarla? – domandò al pinguino stellato vestito di seta.

Adesso Remo incrociava la prima casa e si accorgeva che le città iniziavano proprio come si era immaginato; intanto calava la notte; Remo era stanco e decise di cercare un posto dove dormire; camminò ancora a lungo prima di trovare un albergo, ma era completo e anche il secondo e così gli altri.

Aveva fame e male ai piedi; avrebbe potuto chiamare il pinguino stellato vestito di seta, ma voleva fare da solo; poi, verso mezzanotte, trovò una piccola pensione e si pulì con cura i piedi sullo zerbino dell'entrata; dietro il bancone, il portiere dormiva aspettando il cambio di mezzanotte e tre quarti.

– Mi scusi... – sussurrò Remo.

Il portiere, senza aprire gli occhi, gli porse una chiave; Remo entrò in camera, si tolse subito le scarpe e le mise sotto il termosifone, tirò fuori la borsa di stoffa che gli aveva dato l'ometto giallo, si mise il pigiama, infilandosi le pantofole e, allo stesso tempo, facendo pipì; poi si strofinò attentamente le gengive e, dicendo le preghiere, si addormentò.

– Dong, dong... –

Erano le nove della mattina, un po' di luce filtrava dalle tende; pioveva e le macchine scivolavano nelle pozzanghere mentre sui marciapiedi i passanti si affrettavano allegri, protetti da un grosso ombrello grigio; su per la via saliva il profumo del pane caldo e le ragazze uscivano dai negozi con una baguette avvolta sotto il braccio che a Remo sembrava non finire più.

Remo andò in bagno, si lavò i denti e si pettinò, poi scese nella hall per mangiare qualcosa.

– Posso fare la prima colazione, per favore? –

– Avez-vous de l'argent, jeune homme? –

– No, ho seguito Dea –

Il portiere non fece altre domande e gli diede il più bel tavolo della sala; Remo aveva molta fame e mangiò tutto ciò che gli portarono, poi uscì; l'aria era fresca e si sentiva l'odore della pioggia e a Remo piaceva molto; si trovò in una strada affollata e imboccò una via più piccola.

Quando, in una fessura tra due case, Remo intravide l'acqua di un fiume, si mise a correre e, in poco tempo, si trovò a pochi metri dall'acqua.

Adesso aveva una grande voglia di tuffarsi ma l'acqua era sporca: sulle chiazze d'olio galleggiavano alcuni pezzi di legno; sotto un ponte due barboni facevano la pipì nel fiume, come Remo aveva fatto nel torrente.

– Scusate... –

Dopo avere sgocciolato bene il loro pisello, i due barboni si girarono lentamente; quello che si avvicinò a Remo aveva la barba lunga fino al petto e indossava una casacca russa e rossa sulla quale brillavano alcune medaglie, due vecchi stemmi e, al centro, un'aquila enorme; nell'aquila era dipinta una sirena, una grande "P" e un paragrafo di frasi incomprensibili; sotto la casacca, invece, il barbone era nudo e alcuni ciuffi di peli bianchi gli spuntavano sul torace; portava un paio di pantaloni usati e due stivali di pelle scura; in mano teneva un grosso libro intitolato Bibbia.

– Qu'est-ce que tu veux? – domandò a Remo.

– Vorrei sapere se c'è un museo qui in giro o qualcosa che io possa visitare –

Il barbone guardò il suo amico che era tutto nudo, tranne un paio di occhiali a forma di lumaca; anche lui aveva un libro in mano.

– Le pote là veut savoir où il y a un musée. Il est fou ou quoi? –

Poi prese Remo per mano e gli indicò un edificio al di là del fiume.

– Regarde, c'est le plus grand musée du monde, le Louvre –

Tutti e tre passeggiavamo lungo la Senna, lo sguardo fisso a terra.

– Sei contento ora?! Mi sembrava chiaro che 'sti bastardi francesi non ci lasciassero entrare. Io 'ste puttanate le ho sempre a casa, e, secondo te, vado via di lì per finire da Chez Maxim's?! E mi dicono ancora che non sono venuto per un picnic. Fascistazzo, l'unica cosa che sai fare è importi! –

Gian Andrea sbatté i tacchi dei mocassini e disse – Dux nobis – Era sempre semplice e chiaro.

Camminavo senza parlare. Provavo un senso di abbattimento, forse provocato dalla fame. Cercavo una mia sistemazione in mezzo ai due. A me piacevano le Burlington viola, come a Gian, e *La ginestra* di Leopardi, come a Spike. Loro mi sembravano disegnati in modo nitido, sgargiante. Gian Andrea diceva che io non ero né carne, né pesce.

Entrammo in una trattoria. Sulle tovaglie a scacchi, un paralume in vetro proteggeva le candele e produceva una luce fioca, sentimentale, da primo appuntamento. Assistevamo a una discussione tra una tavolata di pittori e un gruppo di architetti. Parlavano della decadenza della Rive Gauche e di quanto le donne del Septième Arrondissement fossero difficili da sedurre. Un venditore di cachi diceva che era arrivato un carico avariato da Marsiglia.

– Que désirez vous? – chiese il cameriere. L'autorità con cui teneva il taccuino in mano faceva pensare che si trattasse del padrone del locale.

– Coquilles Saint-Jacques – ordinò Spike.

– Escargots, quest... celles-ci... quelle con il bagnetto di prezzemolo, burro e aglio – disse Gian Andrea.

– Un steack au poivre – dissi io.

– Avec des frites? – domandò il cameriere. Aveva

un accento del mezzogiorno della Francia, molto aperto.

– Oui –

Ordinammo una bottiglia di Beaujolais Village.

– Dopo Parigi su cosa si punta? – chiese Gian Andrea.

– Io cercherei la felicità qui – rispose Spike lasciando intravedere i molluschi Saint-Jacques che nuotavano nella sua saliva.

– Questo discorso lo farebbe quella zoccolona di mia nonna in una partita di bridge con le amiche – disse Gian Andrea – A me viaggiare acchiappa molto, anche se, forse, mi acchiappano ancora di più le vecchie abitudini torinesi... –

– E quali sono le abitudini di un fascista panozzo, serie trecentocinquanta? –

– Non mi angosciare con la tua vocina lesbica. Tu non sei felice, io lo sono. Ogni uomo d'intelletto costruisce la propria vista come un'opera d'arte –

– Non ti stanno male in bocca le frasi di D'Annunzio – disse Spike.

– Il Gabe non si tocca! – ammonì Gian Andrea – Tu sei brutto, passi le tue giornate ai Murazzi a strofinarti il pippolo e a bucherellarti. Guarda che chi ti ha tirato fuori siamo io e Enrico. Perché non ti abbiamo lasciato morire? –

– Grazie... –

– Figurati, brutto topaccio nero –

Un'ultima volta, immersi il cucchiaino nella mousse al cioccolato e, quando questa fu un ricordo, ci alzammo.

Ora eravamo rinfrancati dal pranzo. Ci sentivamo a nostro agio, padroni di una capitale del vecchio continente.

Svoltammo in Rue de Rivoli e camminammo, a lungo, voltando le spalle alla Concorde; da Rue Saint-Antoine arrivammo in Place des Vosges, una piazza buia e umida. Sotto i portici si affrettava una donna di mezza età. Al centro, il giardino era protetto da una cancellata in ferro. Mi sembrava di ritornare in un giardino che avevo lasciato. Ci sedemmo. Come allora, la vernice secca era sbriciolata ai piedi delle panchine. Per raggiungere un benessere ancora superiore, chiesi da fumare.

Accesi la sigaretta. La punta si infiammò come la canna di una carabina e il fumo si disperse.

A poco a poco, mi ritornava in mente il millenovecentosettantacinque, l'anno che avevo vissuto in Rue Dantzig 52. Rivedevo la facciata della Ruche – la casa dei pittori – dove abitavamo, le baguette che compravo di primo mattino e che sembravano così lunghe. Rivedevo le sopracciglia a ala di corvo di Carluccio, il critico di mio padre, che di sera mi facevano paura. Rivedevo i pittori amici di papà, le passeggiate al Bois de Boulogne, il chioschetto dove mangiavamo un panino al prosciutto, la cremeria dell'Île Saint-Louis.

La sigaretta era finita. Lasciai cadere il mozzicone e lo pestai.

Ci riabbottonammo la giacca e ricominciammo a guardarci il cuoio delle scarpe.

– Dato che non abbiamo trovato tre francesine, perché non andiamo in crêperie? Ho un buchetto in pancia e le Camel senza filtro non riscaldano abbastanza – propose Gian Andrea.

– Sì, anch'io ho fame – dissi.

Ritornammo in Rue Saint-Sulpice, dove avevano aperto una crêperie. Attraversammo Saint-Germain des Prés; in mezzo alla strada c'era movimento. Un gruppo di passanti applaudiva uno show di barboncini – indossavano un collare verde fosforescente e camminavano su due zampe. In un angolo a destra, su un palcoscenico di casse in legno, alcuni attori mettevano in scena *Les femmes savantes*. Due ragazzi correvano attorno al teatrino agitando un mazzo di piume colorate.

Attraversammo il marciapiedi, facendo attenzione a non calpestare il disegno di un madonnaro. Un venditore di maschere offrì un passamontagna a Spike.

– Ma perché non l'hai preso? Siamo sicuri che non lo vuoi? – disse Gian Andrea ridendo.

Arrivammo davanti alla crêperie.

– Si entra? –

– Entriamo –

Gli sbuffi delle teiere facevano pensare a una fumeria d'oppio di Giacarta. Mentre aspettavamo un tavolo, Gian Andrea e Spike si aggiustarono i capelli con un tubetto di gel davanti allo specchio del bagno.

Ci portarono le crêpes. Lo zucchero sciolto nel liquore forte bruciava la lingua.

Verso l'una e mezza ritornammo in albergo. Chiamammo l'ascensore. La cabina di legno, immatricolata nel 1956, scendeva lentamente, accompagnata da un rumore di catene. Le pareti in mogano chiaro, i manifesti delle Folies Bergères comunicavano al passeggero un senso di protezione.

Additai il poster del Crazy Horse a Spike, il quale sorrise. Entrammo in stanza.

– Se non becco, mi sparo – disse Gian Andrea sfilandosi i pantaloni.

Si sedette sul bordo del letto e prese una sigaretta dal taschino della camicia; ne offrì una a Spike e accese la radio. Così cullato dai bassi lenti e angoscianti dei Cure, mentre Gian Andrea e Spike chiacchieravano, mi addormentai.

L'indomani il tempo era brutto. Sul balcone i gerani rossi stavano un po' piegati. Le gocce di pioggia rigavano la finestra di vetro, scivolando nella scanalatura degli infissi bianchi. Erano le nove. Dopo avere guardato fuori, Gian Andrea scelse un paio di Burlington di lana pesante, in tinta con la camicia; sotto lo Scott, si annodò in vita un golf di Shetland verde marcio. Spike, invece, indossò un maglione di lana grezza. Io presi un impermeabile colore caffè latte che mi piaceva.

Facemmo la prima colazione in un bar del centro, vicino all'albergo.

– 'Ste tartelettes aux mirtilles mi ingrippano un ciulo – diceva Gian esaminando i grumi neri di marmellata sulla sua lingua.

– Che cazzo si fa ora? – chiese Spike.

– Io andrei al Louvre – proposi.

– Ma ti sei bevuto il cervello a colazione? – disse Gian Andrea.

– Senti, io ci vado, tu fai cosa vuoi –

– Un Pelle deciso merita fiducia, andiamo – concluse Gian Andrea.

Arrivammo al Louvre molto bagnati. Salimmo le scale di marmo strizzando i vestiti e strofinandoci un fazzoletto sulla nuca. Gian Andrea si aggiustò i capelli con un pettinino d'avorio che aveva con sé.

– Solo tu potevi trascinarci in un posto così. Lo sai, i pittori e gli scrittori sono tutti gaggi! –

Quel mattino visitammo l'arte musulmana, mentre saltammo le sale sui faraoni, dato che Torino aveva un importante museo egizio. Studiammo, con attenzione, i panneaux décoratifs per la baracca della Golue, il ritratto di Manet a Zola e *La Maison du Pendu*.

Mio padre mi aveva spiegato questi quadri, in modo stravagante e con l'ammirazione che aveva per le cose belle.

Nella carrellata veloce, l'occhio si fermò davanti a una tela. La guardai meglio. Davanti a me ballava una vecchia danzatrice di Edgar Degas. Sembrava cadere in una pozzanghera rossa, a forma di fegato. Un vortice trascinava il corpo indietro. Teneva le braccia protese, le mani annaspavano. C'era qualcosa di familiare nei movimenti della vecchia.

Quando Gian mi chiamò, incrociai gli occhi di

Spike; sembravano cadere in una pozzanghera rossa, a forma di fegato.

– Oh gaggione, sono le tre e mezza. Io me lo sono fatto proprio a fette e ho una fame da competizione. Andiamo a mangiare – disse Gian Andrea.

Raggiungemmo un chiosco delle Tuileries e comprammo tre panini di baguette, molto imburrati; non erano granché buoni.

– Perché non andiamo sui Quais? – chiese Spike con un mezzo sorriso.

– OK – convenne Gian Andrea.

La Senna era torbida. I gabbiani sfruttavano la corrente con maestria, come piccoli piroscafi, mentre i pescatori, il berretto abbassato sugli occhi, controllavano il fremito della canna. I passanti si affrettavano, cercando di evitare le pozzanghere. Faceva freddo.

Passeggiammo lungo i Quais. Alcune bancarelle erano coperte da un telo e mescolavano un'edizione rilegata di Anatole France alle mode letterarie dell'anno. Su un carretto trovai un fumetto di Tintin che non possedevo, *I gioielli della Castafiore*.

– Che gaggio! – mi sfotté Gian Andrea – Forse ti sei comprato la cosa più inutile di Francia –

Ci incamminammo in fretta verso l'Hôtel du Sénat.

– Mangiare, dormire, ritornare in albergo. Io toglierei le tende... – borbottò Spike.

– Ma togliti l'uccello – disse Gian Andrea.

– Che palle che sei Gian! –

Ridemmo.

Rimanemmo un'ora e mezza nella nostra camera d'albergo. Gian Andrea fumava disteso sul letto e ascoltava *Hungry like the wolf* alla radio. Io sfogliavo le pagine di Tintin. Spike lavava i suoi piedi, lunghissimi, affidandoli a una spugnetta rosa e a una forma di sapone Marsiglia.

– Non hai torto Spike, si potrebbe partire – dissi strofinando un dito sulla pagina in cui il Capitano Haddock incontra, per la prima volta, la Castafiore.

– Dai, smettila, fai un rumore peggio delle fette di Spike. Comunque, se volete partiamo, a me la cosa non tange –

– Puttanaccia, mi sono rotto un'unghia! – urlò Spike.

Io e Gian ridevamo di nuovo.

Quando scendemmo in strada, era buio. Le porte dei negozi si aprivano, emettendo un suono di campanella. Le charcuteries esponevano, come pezzi da museo, i sanguinacci grassi e neri. Nei vasetti di vetro erano costipate le acciughe sott'olio. In macelleria le uova costruivano una piramide mentre le carni, sorrette da un gancio d'acciaio, avevano un aspetto inquietante. In una cesta di riso speravo di trovare la testa grigia di un tartufo di Nizza.

– Muoio di fame, che ore sono? – chiesi.

– Il mio Swatch fa le otto e venti, ma forse è a puttane – rispose Gian Andrea.

– È avanti, sono le otto – disse Spike – Gian, dove mangiamo? –

– Non so, ma mi acchiapperebbe andare in un posto più figo di quello di ieri sera –

– Torniamo alla crêperie? –

– Ma sei fuori?! Io non voglio mangiare solo il dolce –

– Propongo la Coupole – dissi – Vi può accontentare entrambi –

– Speriamo solo che facciano entrare il Nero. Se no, lo lasciamo fuori a applicare i suoi sani principi di comunismo: jeans e marciapiede –

– Forse io non riesco a applicare i principi in cui credo, ma almeno li conosco. Tu sei fascista per boutique, se fosse in voga il partito repubblicano, saresti coperto d'edera –

– Dux nobis – disse Gian Andrea – Enrico, è lontana la Coupole? –

– Boulevard Montparnasse, mi sembra –

– E cioè dista? –

– Un quarto d'ora –

– Vamos, allora! –

Voltammo in Rue Casette e, quindi, in Rue de Vaugirard. Finalmente raggiugemmo il numero quattordici di Boulevard Montparnasse. La Coupole era una brasserie anni Trenta, i tavolini art déco e i lampadari stile impero. I camerieri si affrettavano attorno alle colonne di marmo. C'era confusione e, ogni quarto d'ora, qualcuno in una tavolata compiva gli anni. È qui che i miei genitori hanno deciso di sposarsi.

Spike si ripassò i contorni della bocca, raccogliendo con la lingua una briciola sul suo mento. Io mi accasciai sulla sedia, le mani incrociate sul petto. Cercai di ruttare – senza riuscirci – per mostrare il mio appagamento. Ci guardavamo l'un l'altro con gli occhi socchiusi. Gian fumava, trasformando il portacenere in una fossa comune.

– Garçon, un Beaujolais Village... – chiamò Gian Andrea alzando il braccio, poi riprese a parlare animosamente – Ti ricordi, Enrico, quella figa, capelli castani e occhi verdi, che mi sono zompato prima di partire? –

– Sì, Federica –

– Una settimana fa, ho fatto le comiche con i suoi genitori. Se non fuggivo con voi, il padre mi spaccava la testa. Davvero, mi ha tirato un ferro da stiro contro. Inizio a provare nostalgia per Franz, il signore delle feste*. Tu, Poeta, dovresti cantare le gesta di Franz. Ti ricordi quando il sabato ci trovavamo da Gatsby e poi andavamo allo Studio Due?! Qualche volta venivi anche tu, se mamma diceva di sì. Ti pisci a letto, Enrico? Che sete, ragazzo, una di Riesling per favore! –

Quando il cameriere ci portava il vino bianco, lo sentivamo arrivare da lontano, per via del tintinnio che il ghiaccio faceva nel secchiello. Gian Andrea appoggiava i gomiti sul tavolo e proseguiva il suo monologo confuso.

*Vedi *La negligenza*.

– Spike non hai bevuto niente 'sta sera, non al tuo solito... – disse riempendosi il bicchiere mentre io rempivo il mio – ... eccezionale questo Riesling! Comunque capisci, non c'è motivo... perché vuoi essere solo? E poi si vede che avresti voglia, dai! Ma ti tagliano fuori, la gente non ti riconosce... – mi riempì il bicchiere e sorrise – ... non sei brutto, in fondo –

Adesso, avevamo davanti una bottiglia di Porto bianco e tre bicchierini su cui erano raffigurate una sciabola e una mantella.

– Non ho più voglia di parlare di 'ste cazzate. Anzi non so nemmeno perché ne sto parlando. Ma adesso ti dico, e non c'è interesse, ti dico... cazzo, se colpisce secco 'sto Porto... – Mi prese il braccio. Non capivo se cercava di aggrapparsi o se voleva infondermi il suo talento. Scuoteva la testa e sorrideva. I suoi discorsi si imbrogliavano ma era bello, sempre, come un toro di San Fermin. Avevo caldo dentro. Una gioia, che non conoscevo, saliva in fretta verso la fronte. Volevo una Vespa PK 50, bianca, con il collettore truccato, volevo essere come lui. E il vento zuccherato del Porto diceva che era tutto possibile. Nel tavolo vicino un uomo e una donna si baciavano; non mi innervosivano più.

Spike si alzò e andò fuori a respirare un po' d'aria fresca.

– Vedi, piacere alle pulzelle è bello, ma piacere a se stessi è totale... –

– Ho le vertigini, Gian –

Improvvisamente, l'euforia era cessata. La testa girava come una cagna inquieta. Vedevo tutto da più lontano.

Spike era rientrato, ghiocherellava con un tappo di Champagne.

I lampadari stile impero ballavano, gli angoli della stanza diventavano stretti, Gian parlava ma io non capivo più. Mi concentrai per arrestare la danza furiosa dei tavoli, ma provavo un senso di soffocamento. Le mani erano fredde e bagnate. Cercai, una seconda volta, di ottenere controllo. Per un istante funzionò, poi la giostra incominciò, di nuovo, indomabile.

Adesso stavo camminando; le gambe sbattevano contro un attaccapanni.

Sulla porta, l'uomo stilizzato che indicava il gabinetto maschile mi comunicò un senso di sollievo. Le ginocchia si flettevano.

Qualcuno mi strattonò, l'indice e il pollice nel collo. Capivo che era la mia mano.

Non respiravo più.

Sentii il torace tremare. Aprii la bocca e spinsi.

Qualcosa si smosse, la gola si liberò. Respirai.

Tutto riprendeva a girare, ma, questa volta, più lentamente.

Un pisciatoio si avvicinava e si allontanava, come se fossi seduto su un'altalena.

Ero inginocchiato a terra, le mani appoggiate sull'asse del water, e vi sporgevo mezza testa dentro. Finivo di vomitare.

– Va meglio, Enrico? – mi chiese Spike, diritto vicino a me.

– Sì, mi dai una mano? –

Spike mi aiutò a alzarmi.

Mi lavai la bocca. Per fortuna, non mi ero macchiato la camicia. Poi ritornammo al tavolo.

Adesso, Gian Andrea urlava e si sbracciava come se fosse stato alla stazione di Santa Margherita Ligure a aspettarci. Era molto ubriaco. I camerieri accorrevano e nella sala si alzava un mormorio.

– Ah, ces Italiens, et ils sont encore des enfants! Mal élevés dis-donc! Et pourquoi seuls?! –

I camerieri ci chiesero di uscire, spiegando che disturbavamo. Erano gentili. Il più giovane aveva gli occhi neri e mesti, sembravano destinati a riservare la loro spiritualità a una minestra di sedano; si incontrarono due volte con quelli di Spike.

Pagammo il conto e trasportammo fuori Gian, cercando di non urtare i tavoli degli altri commensali.

Il freddo gli fece subito effetto. Smaltì l'alcool in fretta e una quercia sul lungo Senna ne fu testimone per alcune ore.

– Ragazzi, che ciucca da competizione! Solo tre bottiglie, un nuovo record negativo. Adesso, le supersfide con Giandomarx a Vodka liscia le perderei di fisso. Anche tu, però, Enri, ti sei beccato una bella ciucchetta. Con mezza bottiglia?! Dilettante... È la tua prima? Finalmente, pampalone! Vedi che non è così difficile prendere cattive abitudini... Mi dispiace solo che Spike ha dovuto fare il barelliere e non ha partecipato alla sversa –

– Che si fa ora? – chiese Spike guardando le barche notturne che attraversavano la Senna.

– Boh – disse Gian Andrea.

– Io ho trovato un po' di nero afgano che mi ha dato Artom ai Murazzi. Ho le cartine e un filtro. Ci facciamo una tromba? – chiese Spike, con un tono di voce speranzoso.

– Spegniti, pure! Non sarebbe nemmeno da buon balilla salvare il cervello di un marxiano –

– Perché?! Il Riesling fa meglio?! –

– Quanto ne hai? –

– Quattro grammi –

Gian Andrea si accese una Chesterfield, in modo da comunicare che non avrebbe partecipato.

– Facciamo un volo in moto nella Ville Lumière? – proposi.

– Sentilo, il nostro poeta. Va be', mi ingrippa. Spariamoci una corsetta sui bolidi! – convenne Gian Andrea.

Ritornammo all'Hôtel du Sénat. Le moto erano fredde e scaldammo le marmitte. Spike riuscì a partire in impennata. Io avevo paura forte, ma non volevo che Gian e Spike capissero; così andai via in testa.

Quando imboccammo Avenue de Friedland, una macchina si immise dietro di noi e lampeggiò i fari due volte. Accelerai, cercando di persuadermi che non avevo visto niente. Gian Andrea e Spike – con i suoi quattro grammi in tasca – mi seguirono e cercarono di superarmi.

Alle spalle, sentivamo uno squillo acuto. Sembrava mangiare lo spazio tra noi e loro.

Stringevo il collo dell'acceleratore, senza controllare bene il manubrio. Le pedaline vibravano, la chiave danzava in modo frenetico sul vetro del cruscotto.

Svoltammo in un vicolo molto stretto. Lo squillo era più vicino. La luce della sirena si tendeva come il laccio di una corda. Le guance diventavano insensibili, lo sguardo meno vigile. Per fortuna, a ogni curva, la gomma anteriore sbandava sulla strada e l'acqua mi schizzava il viso.

A un tratto, la luce avvolse il parafango in metallo. La macchina mi aveva raggiunto. Lasciai la moto scivolare sull'asfalto, come una saponetta, e animarsi di scintille contro un albero.

– Oh, sei morto? –

Davanti a me, Gian Andrea e Spike mi tiravano qualche calcio per vedere se mi muovevo.

– Eccolo qua il nostro pampalone che si rianima. Come fa uno a schiantarsi contro un albero?! Dagli ondeggiamenti che faceva il tuo bolide, sembrava ci scopassi sopra. La moto, sicuramente, ha goduto. E adesso come si fa con quel gaggio di Martan? –

– E la polizia? –

– Era un'ambulanza. Sei un idiota – Gian Andrea mi guardò con rabbia, poi gli sfuggì un'occhiata preoccupata – Ti sei rotto qualcosa? –

– Non credo –

– Io proporrei di telare – disse Gian – Diamo al

portinaio bastardo l'incarico di riconsegnare le moto a Martan e lasciamo la caparra. Flippo in albergo, becco gli zaini e partiamo su una di 'ste barche. Spike è un esperto, suo padre ne ha tipo cinque –

– Puoi prendermi una benda? – chiesi.

– Ma vaffan... va be', va. Ordinare, obbedire, combattere! –

Ci sedemmo sul bordo della strada. Le ciglia lunghe di Spike, per un attimo, rincorsero Gian che si allontanava.

Intorno il fiume era tranquillo, mi lasciava in intimità con lui. Sembrava che, nel silenzio, cercasse di difendere un segreto, come se avvertisse il mio tentativo di capire.

Venti minuti dopo, ritornò Gian Andrea e ci fece cenno di sbrigarci.

Scendemmo una scala di cemento armato. Gian e Spike incominciarono a esaminare le barche con calma. Scelsero un motoscafo K2. Per oltre due ore, lavorarono sull'impianto elettrico.

– Gaggione, ma adesso ti addormenti?! – disse Gian Andrea togliendosi dal colletto della camicia un po' di terra – Sei peggio dell'anarchico bastardo. Dai, pirlotto, salta su! –

– Non guida nessuno? – chiesi.

– Tiene la rotta. Ma ha paura il nostro ciccino? È giusto, i poeti devono avere paura. O è perché non hai dormito le tue nove ore di sonno? –

– Effettivamente, divento timoroso se dormo poco –

– Sentilo... –

Iniziammo lenti la discesa della Senna. Le luci del ponte Louis Philippe si allontanavano. La brezza pizzicava le guance. C'era un odore, greve, di pietre bagnate. Spike fece uscire dalle sue tasche una fisarmonica e, appoggiando la schiena a un salvagente, incominciò a suonare.

– The end, di nuovo? – disse Gian riconoscendo le note di Jim Morrison – Spike, sei ossessionato da quella canzone. Prima o poi The end la fai tu –

Poi Spike intonò la sigla del cartone animato *Capitan Harlock*. Gian Andrea fumava spingendo il fumo in cielo. Io mi addormentavo.

– Dai, cazzo, svegliati! –

Quando aprii gli occhi, il K2 era fermo vicino alla riva, Spike stava annodando la cima.

– Non si fa, è una cazzata, rischiamo di inchiappettarci. Non sappiamo le rotte, l'idea era figa, ma troppo rischio –

Era la prima volta che udivo Gian Andrea dire "Troppo rischio".

Il giorno seguente partimmo da Calais. Era una giornata fredda, si sentiva la neve nell'aria. Non avevamo voglia di parlare. Il sole era pallido come la faccia di Spike.

Sul traghetto, mentre io guardavo la costa della Normandia – cercando di pensare a una donna nuda per combattere la nausea – Gian Andrea e Spike si chiusero in bagno e si picchiarono.

Un marinaio di mezz'età venne a chiamarmi.

Spike aveva la faccia fracassata dai pugni. I cocci

di uno specchio galleggiavano nel bagno allagato. Una piccola folla di turisti faceva rumore.

Gian Andrea era disteso in terra. Il collo bianco, ancora da bambino, si allungava nell'acqua.

Sollevò il braccio e si guardò la mano slogata – Cazzo, Spike, quanto sei debole... –

L'usciere vestiva una divisa scura e in testa aveva un basco blu. In centro alla sala, la statua di una donna spiegava due ali di creta; Remo avrebbe voluto vedere la sua faccia, ma era senza testa; quando cercò di entrare nella seconda sala, l'usciere si alzò.

– Perché mi ha fermato? –

– Il faut payer –

Remo non aveva soldi, ma voleva vedere il museo.

– Almeno posso guardare questa statua? –

L'ometto fece cenno di sì.

Remo si sedette e incominciò a guardare la statua, aspettò che l'usciere si assopisse, si chinò, gli slegò i lacci delle scarpe e poi li legò tra loro, facendo un bel fiocco doppio.

Quando entrò, l'uomo scattò in piedi e si gettò su di lui; mentre Remo scappava, l'usciere, sotto le ali della donna in creta, urlava e tentava di slegarsi dai lacci.

A ogni sala, la gente si girava per fare largo alla sua corsa: c'erano molti mobili antichi e a Remo sembrava di vedere la casa del suo nonno; quando fu sicuro di avere seminato l'usciere, si fermò e decise di visitare in modo più educato quel museo che appariva così impor-

tante; gli piacevano le madonne con i riccioli biondi oppure gli occhi di un santo a cavallo, invece la sala dove si accalcavano tutti, dove c'erano i pittori moderni, lo innervosiva: le pennellate confuse gli sembravano un pasticcio, gli mettevano inquietudine.

Quando, verso le tre del pomeriggio, Remo pensò di andarsene, si ricordò che non poteva uscire dall'entrata principale, così aprì una finestra e saltò giù; si ritrovò disteso in un prato; l'erba era tagliata con molta cura, in cielo volavano due aquiloni verdi mentre sul lago scivolava una barchetta telecomandata.

In fretta, arrivarono le sei di sera; il sole lasciava brandelli rossi e neri sui tetti della città, i giardini si svuotavano, due barboni innamorati – che assomigliavano a quelli che aveva incontrato prima – andavano alla ricerca di una fontanella d'acqua, mentre alcune bambine, trascinate dalle bambinaie, raccoglievano il loro treno di legno.

Remo uscì dal parco; non capiva perché si sentiva triste, forse perché veniva la notte; le ombre di un faggio gli ricordavano che aveva paura del buio, e il buio gli faceva pensare a una macchia bagnata, gialla e puzzolente che avrebbe trovato sul suo materasso.

A un tratto, una carrozza apparve in fondo alla via e Remo, senza pensarci un attimo, saltò sopra; la carrozza, scampanellando, attraversò una piazza circolare, illuminata da lampioni ottocenteschi, poi si fermò al numero tre di un grande corso.

Dalla carrozza scese un signore anziano, si infilò un paio di guanti bianchi e afferrò un bastone; Remo lo trovava molto elegante e voleva sapere dove sarebbe andato; il signore attraversò il marciapiedi e scomparve.

Con stupore, Remo non vide nulla di quello che si aspettava: solo una tenda rossa, illuminata da dentro; su di essa, la luce interna proiettava le ombre dei cilindri neri e la coda di un pianoforte; Remo guardava il quadro in controluce e fantasticava.

Si mise a aspettare qualcuno con cui entrare, ma non arrivava nessuno; il posto, però, sembrava affollarsi sempre di più; forse c'era un passaggio segreto.

Finalmente sentì un rumore di passi che provenivano dalla piazza; due figure, illuminate dai lampioni ottocenteschi, attraversavano il marciapiedi e poi si riimmergevano nella nebbia.

Remo li vedeva bene, erano i due barboni; il primo continuava a indossare la casacca russa e rossa e gli stivali neri, ma aveva cambiato i pantaloni; sotto la casacca portava una camicia di raso azzurro su cui erano ricamate alcune aquile rosse e due grandi "P" in oro; il suo compagno non era più nudo e teneva sempre lo stesso libro in mano.

I due barboni si fermarono davanti a Remo grattandosi la barba.

– Qu'est-ce que tu fais, içi? –

– Aspettavo qualcuno con cui entrare – rispose Remo.

–Tu veux venir avec nous? –

– Oh, sì! –

Il barbone guardò Remo in modo severo – C'est Chez Maxim's içi... es – tu bien élevé? –

– Sono molto ben educato – disse Remo un po' offeso.

Il barbone si scambiò un'occhiata con il suo compagno, poi prese la mano di Remo bruscamente; i calli del barbone gli sfregavano la pelle e lo rassicuravano.

– Soit –

L'usciere si inchinò rispettosamente al loro ingresso. Oltre la tenda, Remo si ritrovò in una sala piena di letti triclinari; le pareti erano tappezzate di specchi e di un arazzo che rappresentava un balletto acquatico mentre dal soffitto pendevano grappoli d'uva di cristallo; al passaggio dei barboni, i commensali fecero un inchino rispettoso, come aveva fatto l'usciere.

I due barboni chiesero al maître di essere sistemati in un luogo appartato; intanto, sotto gli occhi di Remo, passavano cesti di ananas e piatti di lumache grigie; dopo avere attraversato sedici sale, il cameriere si fermò e disse ai tre che potevano accomodarsi.

– È una stanza bellissima – disse Remo.

– C'est la chambre des trois moitiés – disse il barbone fiero, poi appoggiò le labbra sulla guancia di Remo.

Metà era arredata da piante che si avvolgevano attorno a una colonna di ferro, metà era occupata da un tavolo apparecchiato in modo semplice; nella terza metà, invece, una donna tutta nuda suonava un'arpa, dando la schiena ai nuovi arrivati.

Seguirono un sentiero in pietra verde tra i fiori e si sedettero al tavolo.

– Comment t'appelles-tu? – chiese il barbone dalla casacca russa e rossa.

– Mi chiamo Remo –

– D'où viens-tu? –

– Da Torino –

– Un long voyage – disse il barbone stringendo la mano del suo compagno innamorato; poi, da una tasca degli stivali, tirò fuori una pipa in bambù e chiese al cameriere di portare il tabacco.

Remo era affamato, ma non aveva il coraggio di dirlo; il cameriere ritornò spingendo un carrello d'argento su cui stavano alcuni vasetti di terracotta.

– Que désirez-vous Messieurs? – chiese il cameriere.

– Rien – rispose il secondo barbone.

– Rien – rispose il primo barbone.

Remo non sapeva cosa chiedere e disse, anche lui, "Rien", però aveva sempre più fame.

Quando il cameriere si allontanò, il primo barbone vuotò i vasetti d'avorio su un fazzoletto; costruì tre piramidi di foglie e un cumulo di terra color rosso fuoco, poi rovesciò, con attenzione, le foglie in fondo alla pipa e aggiunse un po' di terra in cima.

Quando il barbone dalla casacca russa e rossa accese la pipa, la stanza fu invasa da un odore di aglio bollito e Remo si addormentò.

Al suo risveglio, i barboni non c'erano più; la donna nuda continuava a suonare l'arpa e ogni tanto strofinava una piuma d'oca sulla sua pancia; Remo cercava di guardare il ciuffo nero che si nascondeva sotto l'ombelico.

– Sei impertinente – disse la donna coprendosi le gambe con l'arpa.

– Perché? –

– Così – disse la donna sorridendo – Sono un'amica di Dea. Anche lei è qui –

Remo percorse di nuovo all'indietro il sentiero di pietra verde e uscì dalla sala.

Nella nuova stanza, su una tappezzeria gialla volavano alcuni gabbiani di pizzo; al centro, quattro persone giocavano a carte in silenzio.

Remo si sedette vicino a un vecchio dalle basette ricce e bianche; i quattro giocavano a prendere a turno il cumulo di noci in mezzo al tavolo; le due donne avevano il piatto pieno e gli uomini sembravano tristi; improvvisamente il vecchio giocatore, a fianco del quale si era seduto Remo, incominciò a vincere; le noci sul piatto delle donne diminuivano in fretta, le loro guance imbellettate diventavano brutte.

Il vecchio si girò verso Remo – Comment t'appelles tu, jeune homme? –

– Remo –

– Tu m'apportes beaucoup de chance. Tiens, c'est pour toi –

Lo accarezzò e gli diede un rubino per metà rosso per metà giallo; Remo posò un occhio sulla superficie dura: le schegge si rincorrevano in cerchio; osservando queste corse, Remo si addormentò di nuovo.

Quando si risvegliò aveva ancora il rubino in mano e la stanza era vuota; decise di uscire dal ristorante; incominciò a attraversare al contrario le sedici stanze, ma si fermò di fronte a una sala: era grande più di quattro volte la piazza ottocentesca che stava davanti al ristorante.

Al centro vi era uno scivolo lunghissimo e le persone salivano e si buttavano giù, scendevano veloci e finivano il viaggio in una vasca piena di latte; lo scivolo si snodava nell'aria e, nel punto più alto, attraversava un bosco di pioppi e due campi di ortiche.

Remo era pieno di meraviglia e volle provare anche lui; si arrampicò per oltre due ore su una scala fitta di scalini di gesso, fino a raggiungere la cima dello scivolo; la vasca, adesso, era un punto bianco, quasi indistinguibile e dal latte salivano vapori forti e dolci; a Remo piaceva il latte perché la sua mamma non lo aveva mai allattato.

Si spinse giù.

Vide foreste, castelli, montagne in estate, ponti e poi pozzi, fiordi, coste frastagliate, palazzi, edere scintillanti, aquile, aerei da guerra, profondi rosa, campi di tè, di zucche, di miele, poi tende al sole, cavalli avellinesi, reti da pesca, doganieri che si erano smarriti e uno sterco.

Infine, atterrò nella vasca di latte e affondò e affondò e non riusciva più a fermarsi; a differenza dell'acqua, il latte non opponeva resistenza, tutto era bianco e lucente.

Quando stava per toccare il fondo, incominciò a risalire verso la superficie; mentre andava su, vedeva scendere uomini in giacca e cravatta che ridevano e si pigiavano in testa un cilindro; Remo aveva paura, non gli piaceva come ridevano, lui non avrebbe mai riso così.

A un tratto, si accorse che qualcosa sguazzava nel

latte al suo fianco e cercò di guardare meglio: un setter irlandese galleggiava, allegramente, in una bolla di latte; era Dea.

Remo si stupì e la salutò cortesemente.

– Au revoir, jeune homme ou à Dieu, ça dépend du bon jeu. Je suis la chienne pute –

– Arrivederci, cagna pazza – disse Remo e riprese a salire.

La nebbia era scomparsa, le scogliere bianche si alzavano ormai a un miglio di mare.

– Cosa facciamo? – chiesi.

– Io andrei a Londra – disse Gian Andrea.

– Taci, fascista, io devo andare in farmacia –

– Dux nobis –

– Come andiamo a Londra? –

– In treno oppure in autostop –

– In treno, è meglio –

– E l'autostop? – chiese Spike.

– Ciao balle –

Il porto di Dover era un insediamento industriale dove i camion, con il motore acceso, aspettavano l'arrivo delle navi da carico. Anche dopo cinque anni, quei tubi di scarico avevano, per me, un buon odore. Dal 1976 al 1982, infatti, le bianche scogliere avevano posto fine ai miei sforzi di buttare fuori bile.

Ricordo il conto alla rovescia ancora con precisione: un primo cartello stradale indicava "Calais" insieme a "Marsiglia" e "Lione"; la seconda indicazione era più grossa e segnalava la distanza che restava da percorrere; verso le tre di pomeriggio, l'automobile imboccava la direzione porto; la coda sembrava lunga ma, dopo poco, vi erano più macchine dietro che davanti; adesso qualcuno agitava la carta d'imbarco; la prima deglutizione sul ponte; la masticazione lenta di un medicinale; un genitore cercava di distrarre lo stomaco con un racconto; all'altezza dello stretto, il mare cresceva a forza otto; il vomito, improvviso, poi un senso di rinascimento giocoso e brutale; il sollievo svaniva a poco a poco; il secondo vomito e la bile gialla e cattiva; la promessa che sarebbe stata l'ultima volta in traghetto; infine, fedele, il porto di Dover.

In mio onore, Gian Andrea e Spike pisciarono sulle bianche scogliere.

Risalimmo la strada della cittadina verso la stazione. L'aria era gonfia di sale e di un vapore acido. I gabbiani, a coppie, si posavano sui lampioni. Gian e Spike, sfogata la rabbia, un po' ammaccati, erano di buon umore.

Mangiammo un hamburger double-deck alle cipolle e controllammo gli orari dei treni per Londra. Dopo avere cambiato i franchi in sterline, ci procurammo una carta geografica. In un negozio di porcherie dolciarie, comprammo tre Twix alla nocciola, due Crunchie – che mettevano in palio un automobile di lusso –, e una confezione di Treets.

– A Londra, arriviamo verso le nove – disse Spike accendendo una sigaretta.

– Puttanaccia, se dista. Alle nove non troviamo più né food né bed –

– Ci possiamo fermare prima, verso le sette – propose Spike.

– Un B&B in campagna mi acchiappa da paura – convenne Gian Andrea.

Dopo avere lasciato le cartacce dei tre Twix su una panchina, entrammo in un pub. Aspettavamo il treno.

– Tre pere, minchia che drago! – diceva Gian Andrea guardando i trenta penny accumularsi sul fondo della slot-machine – Sfiga, una ciliegia! Prova tu, Enrico, è molto ingrippante –

– Ti accontentano un po' per fregarti dopo. Come papà e mamma – diceva Spike.

– Parli come un libro stampato – disse Gian Andrea fissando i due pulsanti che lampeggiavano.

– Hai tre nudge, puoi spostare cosa vuoi – osservò Spike.

– Sfiga! – gridò Gian constatando che aveva davanti a sé una pera, una prugna e un'anguria.

– Te l'ho detto, ti fottono –

– Perché me lo fai a fette, Spikino? –

– Faccio l'amico –

– Ahahaha! – Gian Andrea scoppiò a ridere.

Perdemmo dieci sterline a testa. Dopo di noi, un signore, trangugiando grandi sorsate di birra, vinse quindici pound.

– Che gioco di merda! – disse Gian Andrea infilandosi l'Eschimo.

Salimmo sul treno. La voce dell'annunciatrice e il suono rauco della campanella sembravano intonarsi con i binari neri. Lo scompartimento era riscaldato; ci sprofondammo nella plastica rossa dei sedili.

– Sei mai stato a Bournemouth? – mi chiese Spike indicando un castello sulla collina.

– Una volta – dissi mentendo. I miei amici mi avevano nominato esperto dell'Inghilterra.

– Bournemouth?! – gridò Gian Andrea guardando la carta geografica – Ma su che cazzo di treno siamo?! –

Avevamo preso un treno in direzione del Sussex che proseguiva per il Galles, tagliando fuori Londra.

– Bravo, Pelle! Adesso rimedia e chiedi a quel picio di controllore quanto dista la prossima fermata – ordinò Gian Andrea che aveva un vivace senso di organizzazione anche in caso di sconfitta.

– Do you know where the next station is? – chiesi al bigliettaio.

– The what? –

– The next station, please –

– I beg your pardon? –

– Forse, è meglio revocargli la nomina – disse Gian Andrea a Spike, ridendo.

Oltre il vetro, i muri in pietra recintavano la terra incolta e i greggi di pecore. Alcuni puledri scorrazzavano in un maneggio, la criniera nera tremava insieme ai muscoli delle natiche. A volte i binari affiancavano una strada provinciale oppure un sentiero che portava a una casa privata. Sulla banchina di un'autostrada, vi era un assembramento di volanti della polizia. Gli uomini in uniforme si facevano largo tra i barellieri; un casellante invitava le macchine a circolare sventolando una bandiera gialla.

Mentre incominciavano, di nuovo, a allinearsi i muri in pietra, chiesi una spiegazione dell'incidente all'interno dello scompartimento. Gian e Spike erano usciti nel corridoio a passeggiare. Un ragazzo e un signore avevano occupato il loro posto.

Nessuno mi rispose. Il ragazzo era intento nella lettura di un fumetto *Calvin & Hobbes*, che teneva a una certa distanza dal viso. Il signore non ne sapeva nulla. Una donnetta guardava le sue scarpe di tela beige e disse qualcosa di irrilevante. In un altro momento, mi avrebbe divertito. Il quinto passeggero, che notavo per la prima volta, mi fece un cenno. Era una donna vecchia, sotto le sue spalle si alzava una piccola gobba – non sembrava conseguenza dell'età, bensì una deformazione della schiena. Gli occhi erano verdi e brillavano con un bizzarro furore.

Mi mossi verso il suo posto. Parlava lentamente, sforzandosi di farmi capire. Mi afferrò un braccio, tenendomi stretto al suo corpo.

– Jennifer Jack era una ragazza molto bella, bionda di capelli. Aveva studiato all'Imperial College e aveva avuto fortuna trovando un impiego da Satchy & Satchy. Sai, che cos'è Satchy & Satchy? Una sera, dopo essere stata dal suo fidanzato, che abitava a un quarto di miglio da casa sua, è scomparsa in modo assai inconsueto. Due settimane dopo quella notte, e cioè ieri, il cane di un passante l'ha trovata nel tratto che separa la strada dal fiume. Proprio su quell'autostrada. Diciannove coltellate. Un temperino di piccole dimensioni ha svuotato le cervella e l'intestino. Quindi, il corpo è stato tagliato. Le dieci parti hanno riempito altrettanti sacchi –

Il sole era scomparso dietro la collina e la luce azzurrognola dello scompartimento non si accendeva.

La penombra nascondeva i cinque passeggeri. Gian Andrea e Spike non tornavano e con loro ciò che mi teneva lontano dall'uomo della sabbia di Hoffmann. Strinsi i lacci delle scarpe in modo da sentirne la consistenza.

Improvvisamente Gian e Spike entrarono facendo chiasso; ridevano. La vecchia uscì dallo scompartimento e il giovane tirò fuori un pasto caldo da una cesta.

– Enrico, cosa c'è? Sei un po' tesuccio, pampalone – disse Gian Andrea battendomi una pacca sulla spalla – Motivo? –

– Niente, andiamo... – dissi spalancando la porta scorrevole del vagone.

Aspirai una boccata d'aria fredda.

– Vamos! – urlò Gian Andrea saltando giù dal treno.

La stazione non aveva attrezzature. Non c'era nemmeno un altoparlante. Il treno si fermava, caricava dieci persone e ripartiva.

Prendemmo una strada male asfaltata e il vento sollevava la polvere. La suola delle scarpe si riempiva di terra e ci dava fastidio. Gian Andrea fischiettava.

Il cielo stava cambiando colore. Il sole era tramontato da un quarto d'ora. La luna, piccola, disegnava una falce bianca sull'insegna del B&B.

– Finalmente, incominciavo a farmelo a fette! Ho bisogno di un buon lettuccio – disse Gian.

– Lettuccio, casuccia e un po' di spacka? – propose Spike.

– Cazzo dici?! Sei già fuori come un balcone? – Gian Andrea si grattò il mento – Ah, Enri, ci devi ancora raccontare perché avevi quella faccia da pampal's in vacanza –

Poi scoppiò a ridere – Come fai a viaggiare se ti caghi addosso per due stronzate?! –

Fissai l'insegna del B&B e sorrisi.

– 'Sti cazzo di inglesi disperdono gli alberghetti in culo alla campagna. Però, non sembra brutto. Anzi, mi va sul piuttosto e a voi, cari friends? –

– A me piace – disse Spike.

Il muro in legno cingeva l'orto. Due grosse vetrate permettevano di vedere l'interno della casa. La famiglia era seduta a tavola davanti a una zuppiera di ceramica.

– Ma che ore sono? – chiese Gian Andrea.

– Le sei e venticinque – rispose Spike a cui piaceva dire l'ora.

– Mangiano già? –

– Mangiano, mangiano –

In cima al tetto, un gallo, guarnito dei quattro segni cardinali, indicava la direzione del vento.

Suonammo il campanello due volte; la porta era stata ridipinta in modo diligente.

Un uomo stava davanti a noi. La sua pelle era chiara e gli occhi avevano un riflesso d'argento. Il viso, privo di espressione, comunicava un senso di attesa; i baffi si arricciavano sotto il naso e rendevano il suo sguardo meno fisso.

Indossava una vestaglia di stoffa. Ci fece cenno di seguirlo, sorseggiando un tazzone di caffè.

Ci mostrò la nostra stanza e ritornò in camera da pranzo per terminare la cena.

– Come accoglienze, ce ne sono di migliori – disse Spike.

– Gli inglesi sono dei cazzoni da competizione – replicò Gian Andrea infilandosi una mano nei capelli per controllare il grado di sporcizia – Vediamo un po' la stanzetta, non è brutta. Il gusto non sarà eccezionale, per esempio non mi capacito del panda verde su quella cassapanca... comunque, è pulito –

– In effetti – disse Spike chiudendo il panda verde in uno sgabuzzino, vicino al bagno.

Incominciammo a vuotare i nostri zaini negli armadi. Gian Andrea controllava su una lista, che aveva fatto il giorno della partenza, se non aveva dimenticato niente.

– Due Controvento e una addosso, quattro paia di Levi's e due Closed bianchi, la cintura del Charro, quindici Fruit of The Loom e dieci boxer di popelin, la polo Elvstrom. Sette paia di Burlington e uno addosso, i Camperos, l'Eschimo, lo Scott, i quattro golf di Shetland... salmone, viola e due verdi... sì, c'è tutto –

La nostra camera aveva due letti contro la parete. Il terzo, di cui mi ero impossessato io, stava vicino alla finestra.

Gian Andrea e Spike fumarono due sigarette distesi sul letto. Io mi feci un bagno caldo, rimanendo a mollo per trentacinque minuti. Dovevo rinfrancarmi.

– Raga, io muoio se non mi acido –

– Caro Spike, non sei nel posto giusto –

– Caro pezzo di merda, lo so benissimo, ma domani vado a Londra... –

– Non dire puttanate, tu resti con noi –

Il getto caldo mi tamburellava i muscoli. Gian e Spike parlavano. Le loro voci si mescolavano allo scroscio dell'acqua.

Quando ebbi finito, mentre mi asciugavo, fu il turno di Spike. Gian Andrea nel sorteggio era uscito per ultimo, la cosa lo aveva turbato un po'. Con la coda scodinzolante dell'occhio, vidi passare il corpo di Spike. Era nudo, si trascinava.

– Non chiedo molto, per piacere, solo due zinne e un bel sedere... e ciò che mi piace è ritornare dalla mia bella al casolare... Emilia mia, Emilia in fiore, tu sei la vita, tu sei l'amore... – canticchiava Spike, giocherellando con il sapone.

– Ancora, Maestro – gridai. Cantava molto bene.

– E mi e ti e il Toni andiamo dalla tettona, andiamo a palpare la mona... –

– Mona, non è torinese. Dove l'hai imparato...? – chiesi.

– A Ferrara, la terra delle mone bellissime –

– Senti, pampalone, ti dai una mossa? Invece di cantare 'ste stronzate, scrostati in fretta. Anch'io mi devo fare bello – disse Gian Andrea.

– Per chi? – chiese Spike.

– Per tua madre –

– Non hai bisogno. Belli o brutti se li fa tutti – disse Spike.

– Eh, brava la mammina! –

Verso le otto di sera, anche Gian Andrea aveva finito di vestirsi e scendemmo al piano di sotto, nella sala da pranzo.

I signori Smith stavano davanti al televisore. Quando entrammo, i familiari si girarono senza parlare verso di noi, dimenticando per un istante il televisore.

Il salotto era piccolo e ricolmo di oggetti. Alcune racchette da tennis del 1910, senza più l'incordatura, erano appese in ordine di grandezza sulle pareti; un tavolo da biliardo, segato in metà, era ricoperto di fotografie mentre su un secrétaire stavano appoggiati alcuni bicchieri da Porto. Sopra il televisore campeggiava un ritratto fotografico di re Edoardo VIII. Il re sorrideva; Gian Andrea scoppiò a ridere.

– Could we have something to eat? – chiesi a Mr. Smith.

– I beg your pardon – disse alzandosi dalla sua poltrona.

– Food, food! – urlò Gian mostrando la bocca.

– Oh, food... –

Gian Andrea si faceva sempre capire.

Mr. Smith ci accompagnò in cucina, seguito dalle due figlie. La moglie zoppicava e non poteva essere di grande utilità. Prepararono tre scodelle di zuppa e alcune patate bollite, avvolte nella carta argentata – un ricciolo di burro spuntava dalla spaccatura che il coltello aveva aperto nel tubero. Come dolce, ci fu offerta una coppa di rice pudding. Kerry, la figlia più grande, appoggiò sul frigo tre mele e tre bicchieri di latte.

– Beh, non si può dire che il cibo inglese sia proprio eccezionale... – commentò Gian Andrea, gli occhi fissi sulla sua scodella di soup.

– Le patate sono eccellenti – disse Spike.

– Sì, d'accordo sono buone, ma vuoi mettere con la cucina francese? Ieri sera, quando io e quel pirlotto del Pelle ci siamo presi la sbronza era una storia di escalope au vin... – disse Gian Andrea sorseggiando, triste, il latte.

– Va be', paese che vai, cucina che trovi. Quella è una cucina grassa, questa è legata all'ambiente –

– Va be' –

Quando andammo in salotto, durante l'edizione delle venti la BBC1 trasmetteva un servizio sul Sud Africa; i bambini neri scagliavano sassi contro due macchine parcheggiate – una Morgan e una Jaguar – e si scontravano con i caschi blu. I poliziotti sparavano sale.

George Smith – la testa appoggiata al tovagliolo di pizzo che proteggeva lo schienale – guardava un po' noi e un po' la moglie.

– Oh, look at these black savages! They utter and glare like animals, oh God! –

La moglie Mary-Jane annuiva dondolando lo chignon sulla nuca.

In una seggiola d'angolo, il primogenito Charles stava seduto con i piedi sui braccioli. Proprio lui che aveva ricevuto il nome del futuro re dell'Inghilterra, voleva una democrazia parlamentare. Sulla moquette, vicino alle gambe della poltrona dove sedevano i genitori, stavano accovacciate le due figlie Suzanne e Kerry. Suzanne aveva compiuto quattordici anni da due settimane e Kerry quindici.

– Di', Enri, la figlia dello sgaggio Smittone mi acchiappa abbastanza, cosa dici? –

– Quella bionda o quella castana? – chiesi.

– Tutte e due sono piuttosto fighe, anzi molto, ma io intendevo la biondina lì, quella che la moglie della bestia ha chiamato Kerry –

– Tu credi? – dissi cercando di apparire disinteressato.

Kerry era seduta con una gamba distesa, la seconda piegata sul corpo. Teneva un braccio appoggiato al pavimento, la testa sulla spalla. I capelli scivolavano lungo le spalle, pieni di luce e immobili. Poi, con un gesto veloce, li scompigliava.

Si alzò e andò in cucina a prendere un bicchiere.

Era curioso, ogni volta che cambiava posizione, mi sembrava una ragazza diversa. Ora i suoi capelli stavano sparsi sulla fronte, leggeri, disegnando una virgola disordinata.

Gian mi guardò e io spostai gli occhi sul televisore.

Qualcuno nella stanza disse qualcosa di buffo. Lei sorrise. Aveva i canini sottili e un po' sporgenti.

La stanza era immersa nell'oscurità.

– Facciamo una scommessa? – disse Gian Andrea tendendomi la mano aperta – Tra noi due, me la becco io –

Non riuscivo a vedere il colore dei suoi occhi. Non mi guardava mai.

– E cosa vorresti scommettere? – chiesi.

– Un after-shave Drakkar Noir. A te darebbe un po' di tono e io potrei alternare al Cacharel qualcosa di più aggressivo. Allora, ti gusta?! –

Lei alzò un poco la fronte e vidi che aveva gli occhi verde cupo. Il grigio del padre era diventato acqua torbida. I bagliori della televisione pulsavano nella stanza.

– Allora, cazzo dici? –

Un cane abbaiò nel cortile. Con una mano, Kerry si raccolse i capelli.

– Oh, mi caghi un attimo? Mi sembri rincoglionito. Se vuoi vedere la tele, dimmelo. Cazzo, è da tre ore che guardi 'sti cazzo di negri. Accetti?! –

– Come vuoi – dissi stringendogli la mano.

Sapevo che non si trattava di una banale scommessa, ma della più terribile sfida che può esistere tra due quindicenni. Sapevo di perdere.

– OK, zarro, allora dammi un cinque. E perda il peggiore! –

La voce squillante di Gian Andrea fece voltare, per

un istante, Kerry. Ora i suoi occhi sembravano neri, in contrasto con la ciocca sulla sua fronte, d'oro, ribelle alla molletta. Poi ritornarono verde cupo.

Dietro la tenda, si allungava la campagna del Kent. Vedevo la luna.

– Al lavoro... – sussurrò Gian.

Ci sedemmo sulla moquette, vicino a lei.

Gian Andrea, con le ciglia a forma di fauce, la divorava. Io ogni volta che, per caso, stavo per incontrare lo sguardo, spostavo l'occhio alle sue spalle, fingendo di leggere le istruzioni per l'uso dei fiocchi d'avena Corn Flakes. Sul carrello la padrona di casa aveva già preparato la colazione per l'indomani.

Kerry si alzò di nuovo. L'odore del suo deodorante mi prese la gola. Aveva le caviglie strette – l'osso poco sviluppato – ma i movimenti, pieni e costanti, già da donna.

Vicino a lei sedeva Suzanne. Anche se era un anno più giovane, sembrava più esperta di Kerry. Il suo sguardo scivolava indiscreto ovunque e poi ritornava, insoddisfatto, a posarsi sullo schermo.

Sentii un fischio lontano. Un treno attraversava la campagna. Pensai al viaggio che dovevamo riprendere l'indomani.

Kerry, secondo la moda inglese, portava la camicia bianca fuori dai pantaloni e stava senza calze. Un segno di matita rendeva più scuro il bordo delle sue palpebre.

Verso le dieci decidemmo di salire in camera.

Kerry era andata a letto e la serata finiva. Salutammo i padroni di casa e ci congedammo.

Gian Andrea era silenzioso. Anch'io tacevo.

Entrambi ci arrovellavamo sul modo migliore per agire con Kerry. Quale coniglio bianco bisognava tirare fuori dal cilindro? No, Gian Andrea non si stava arrovellando. Lui era spigliato fuori e dentro e questo gli assicurava i sessanta sessantesimi con le ragazze.

– Enri, io proporrei, per baccagliarci meglio la tipa, di rimanere qui anche domani sera. Ti ingrippa? – chiese sfilandosi i pantaloni e appoggiandoli su una sedia.

– Non so, dipende da Spike – dissi, anche se avrei voluto fermarmi in quel B&B per il resto del viaggio.

– A me non dispiace, poiché mi porto a letto Suzanne –

– Ahahah, che battuta! Guarda che Suzanne è la mia riserva, pulzella numero due. Poi, con il tuo fisico infelice non si sa dove arrivi. Caro sfigatuccio, il corpo diventa bello con la consapevolezza che a te è sempre mancata. Non illuderti –

– Vedremo –

Gian Andrea scese dal letto tutto nudo. Si coprì davanti e dietro con un cuscino e saltellò fino all'interruttore per spegnere la luce. Spesso dormiva con un boxer e una maglietta, ma a volte anche nudo. Spike indossò la sua camicia da notte bianca.

– Cazzo, oggi ho fumato troppo, un pacchetto e mezzo. Già davanti a quella maledetta Kerry ne avrò fumate dieci – diceva Gian Andrea. Le parole nel buio sembravano quasi una confessione.

– Mi ricorda Cinzia – mormorai.

– Ancora, questa storia! L'hai conosciuta che avevi dieci anni la tua sbarbina con il Loden verde. Cerca di innovarti, cazzo! –

Spike improvvisamente incominciò a cantare.

– Avanti o popolo, alla riscossa, bandiera rossa, bandiera rossa! Avanti o popolo, tuona il cannone, rivoluzione, rivoluzione... –

Nei due letti vicino al mio sentii un rumore di cuscinate. Poi Gian Andrea, come per ottemperare a un comando interiore, incominciò a cantare a sua volta.

– Bella missina, faccetta nera... –

In quel momento la brandina si capovolse e Gian rimase intrappolato sotto.

Spike approfittò dell'occasione e scandì, con voce grave – Compagni, dai campi e dalle officine, prendete la falce e impugnate il martello... –

Dopo alcuni cazzotti, tutto tacque e i miei amici si addormentarono.

Guardavo le tende trasparenti. La luce lunare filtrava e disegnava un quadrato davanti al mio letto.

Ero agitato. Il respiro dei miei amici, lento e profondo, sibilava nella stanza. Mi chiedevo perché loro, che avevano cantato fino a quel momento, si acquietavano così in fretta, mentre io, che ero rimasto tranquillo, mi giravo nel letto.

Provavo l'inquietudine di chi non riesce a prendere sonno tra gente che dorme. Forse anche loro erano svegli e fingevano; no, non credo. Pensai a quando dovevo fare la siesta al mare. Si sentivano gli odori della cucina e il ronzio delle zanzariere. Osservavo mia nonna, in controluce, che si gonfiava dormendo.

Un secondo treno attraversò la campagna. Le guance di Kerry erano chiare al buio, grattavo l'orlo del lenzuolo.

Verso l'una, finalmente, mi addormentai e fui accolto da alcune falci e martello, da un re che, al posto della corona, aveva dieci sacchi e da una vecchia gobba che parlava di Cinzia.

Il sole filtrava attraverso le tende mal arrotolate, inondando la stanza. Era una bella giornata. Dal piano inferiore saliva un rumore di piatti e un profumo di uova fritte.

– Ah, che dormita stupenda!– disse Gian Andrea sbadigliando, la testa sotto il cuscino.

– Davvero – confermò Spike.

– Ora vado a farmi una mega pisciatina. Ma che ora è, le dieci? Sono mattutini 'sti inglesi –

Ci vestimmo lenti e con una cura superiore al solito. Gian Andrea si lavò i capelli e, dopo averli asciugati, li sistemò con il suo pettine d'avorio. Spike si schiacciò un brufolo davanti allo specchio e indossò un paio di pantaloni senza scritte e senza spille.

Scendemmo in cucina.

La tavola era apparecchiata per tre persone. Sul vassoio erano disposti, in ordine sparso, il tè, il caffè bollente e tre confezioni di marmellata ai mirtilli.

Una caraffa di succo di pompelmo risaltava sulla tovaglia bianca, di pizzo.

Mrs. Smith spinse, zoppicando, il carrello che avevo notato la sera precedente. Sul primo piano stavano alcune scatole di Corn Flakes e Sugar Puffs.

Una seconda donna, forse la sorella, portò tre piatti di uova al bacon, salsicce, fagioli e pomodori, e un porta toast da cui sbucava il pane un po' bruciato. Ci disse che chi voleva poteva assaggiare la torta preparata dalle figlie. Tutti presero una fetta di torta.

– Ragazzi, qua c'è da crepare – constatò Gian Andrea.

– Io ho fame – disse Spike.

– Anch'io – dissi.

– E dopo questa megacolazione cosa si fa? – chiese Gian Andrea, imburrando una fetta di pane integrale.

– A me piacerebbe andare fino in paese, a un miglio e mezzo da qui – dissi.

– Ma non c'è un cazzo a un miglio e mezzo da qui –

– L'ho chiesto ieri al padrone –

– Lo Smittone ha anche un campo da tennis. Mi acchiapperebbe una partitella. A voi? –

– Boh – disse Spike.

– Cosa vuol dire boh? – chiese Gian Andrea.

– Io non so giocare –

– Tu Enrico, sei capace? –

– Sì –

– Perfetto, prima facciamo una passeggiatina, poi

andiamo a giocare e 'sta sera si baccaglia alla grande – concluse Gian Andrea.

– Per me va bene – disse Spike.

– Ma cosa vuoi baccagliare tu?! Ahahaha! Sei debole, sei troppo debole per baccagliare –

Il tempo si guastava, così uscimmo in giacca a vento.

Nel frattempo, le ragazze si erano svegliate. Le spiammo, mentre si stavano vestendo – una finestra della loro camera dava sulla strada. Poi scappammo via, ridendo.

Seguimmo il cartello "Newcastle", la strada saliva in diagonale sulla montagna. Una fila di cavallerizzi stava attraversando il campo; le felci battevano, con fiacchezza, le gambe dei cavalli al passo.

Dopo venti minuti arrivammo in paese. I negozi erano chiusi, tranne un supermercato e l'ufficio della posta.

– Che paese del cazzo! – disse Gian Andrea – Bravo Enri, un'altra bella idea –

– Sembra una città fantasma della Carolina del Nord – disse Spike.

– 'Sti inglesi sono proprio gaggi –

– Sì, hai ragione – convenne Spike – Evviva l'Italia! –

– L'Italia ciao balle! Se mai, evviva Torino! –

Quando ritornammo al B&B, nessuno aveva preparato il pranzo. Mr. Smith ci disse che non era incluso nel prezzo.

Chiedemmo se potevamo usare il campo da tennis

e se ci poteva imprestare le racchette e le palle. Rispose che il campo veniva affittato, cinque sterline l'ora.

Salimmo in camera e ci cambiammo. Spike non aveva portato con sé le scarpe da tennis e si rifiutava di usare le Superga "da combattimento". Così la signora Smith gli prestò un paio di scarpe di Suzanne. Anche lei aveva il piede molto lungo.

Quando fummo pronti, gli asciugamani di spugna sotto il braccio, incominciò a piovere.

– Che sfiga! – disse Gian Andrea – Spike, prendi le pinne, bisogna adeguarsi –

– Guarda che gli inglesi fanno tutto con l'acqua – dissi.

– E io me li bevo –

Non fu una buona partita. Gian Andrea scivolò sopra la riga di fondo – era disegnata in gesso sull'erba – e si macchiò di fango la manica sinistra. Divenne nervoso e spaccò la sua racchetta contro la corteccia di un cipresso. Quando perdemmo le tre palle che ci avevano imprestato, decidemmo di smettere.

– No, dico, bell'affare ragazzi! Trenta sterle spese da bestie. E l'idea era mia, bravo Gian!– diceva Gian Andrea smacchiandosi la maglietta con un angolo dell'asciugamano, che aveva bagnato di acqua minerale.

– Did you have a good game? – chiese Mr. Smith.

– Un po' del cazzo – disse Gian Andrea arrampicandosi sulle scale.

In quel momento, la porta d'entrata si aprì. Vidi Suzanne e Kerry.

Ero spettinato e un po' sudato, in pantaloni corti.

– Hello! – mi salutò Kerry scuotendosi i capelli bagnati.

Presi l'ombrello che teneva in mano e lo appesi all'attaccapanni. Lei si appoggiò al mio braccio per togliersi gli stivali, mi sorrise e andò via.

Rimasi un po' lì, la fronte appoggiata alla tela gocciolante dell'ombrello, a guardare i suoi stivali. Poi risalii in camera.

– Facciamo anche oggi il mega sorteggione per chi fa il bagno per primo? Spero di avere più fortuna di ieri –

Gian Andrea uscì ultimo di nuovo, io secondo e Spike primo.

– Ne hai dette due allo Smittone – urlò Spike dal bagno. Era felice di essere stato estratto per primo e aveva anche voglia di parlare.

– Un po' del cazzo... sono quattro. Comunque non lo sopporto più. La prossima volta gli metto le mani addosso –

– E le due figlie, le hai viste? –

– No e mi domando come due fighe così siano nate da un cretino tale... mistero, mistero –

Nell'attesa leggevo un racconto di Franz Kafka *Descrizione di una battaglia*. Mi rassicurava: il fatto che mi uscisse il femore dall'articolazione mentre decidevo di avvicinare una signorina, non mi era ancora capitato.

Gian Andrea cambiò la pietrina del suo Zippo e lo caricò di benzina. Poi si rase i baffi, togliendo l'ombra che, da qualche tempo, gli scuriva l'attaccatura del naso. Si serviva di un rasoio blu usa e getta che, la mattina, aveva comperato al supermercato.

– Vedete, le ragazzine si trattano così. Si usano fino a quando la lametta non è ben consumata e poi... oplà – disse lasciando cadere il rasoio nel cestino.

– Bravo, picio – disse Spike girando i suoi garretti magri nell'acqua.

– Non ti affogo perché sono pieno di schiuma da barba –

– Ma se i baffi li ha solo tua zia –

– OK, l'hai voluto... –

Gian Andrea si asciugò, in fretta, le dita. Sollevò Spike e lo trasportò, nudo, nella camera da pranzo dove la famiglia Smith stava guardando il telegiornale.

– Perché l'hai fatto? – chiesi.

– È Spike che si lascia fare. Tu già sei un po' cicciotto, non riesco a sollevarti. Lui è magro, è così debole. Poi, mia zia è mia zia –

Verso le sette di sera, scendemmo al piano di sotto. Mr. Smith, a capo tavola, si serviva per primo, poi passava i piatti fumanti ai familiari, poi a noi.

Mentre Charles taceva – intento a portare il cucchiaio alla bocca – le due ragazze parlavano sottovoce di quello che era capitato a Spike; ridevano. I genitori ci fissavano con insistenza. Gian Andrea e io guardavamo Kerry; Spike guardava Suzanne.

Dopo avere mangiato una torta a base di mele bollite, ritornammo davanti al televisore.

Gian Andrea, Spike e i signori Smith si sedettero

in poltrona mentre io, dato che non vi erano altri posti, mi accovacciai sulla moquette.

Sentii qualcuno accovacciarsi vicino a me – il fruscio dei pantaloni che grattano la moquette. La testa bionda si girò appena – My name is Kerry –

Ricambiai il sorriso. Improvvisamente, desiderai correre di sopra in camera e poi fino a Dover e poi più lontano, in Francia e in Italia. Avrei voluto essere nel bagno del secondo piano del D'Azeglio e raccontare qualcosa di Kerry al bidello Grasso. Poi desiderai baciarla, lì, subito, davanti a tutti.

– My name is Enrico –

Rimanemmo in silenzio – per mia incapacità, come disse più tardi Gian. Quindi Kerry mi presentò Suzanne e io presentai alle due sorelle Gian Andrea e Spike.

Parlammo un'ora abbondante e Gian Andrea invitò le ragazze in camera nostra, per mezzanotte. Suzanne fumava da poco e non aveva sigarette, temeva che suo padre la scoprisse – questo fu il pretesto. Gian Andrea si era dichiarato disposto a offrirne a lei e, ben inteso, a Kerry, ma Kerry non fumava.

– What time? – chiese di nuovo Suzanne, bisbigliando.

– Twelve –

– What can we bring? –

– Yourselves – rispose Spike.

Suzanne e Kerry andarono via ridendo.

– Sei proprio un pampalone – disse Gian.

– Perché? –

– Ti fai ridere dietro anche dalle ragazze, non vedi –

Erano le nove; dovevamo aspettare tre ore. A me piaceva aspettare, mi piaceva molto. Così se dovevo incontrare una ragazza, andavo all'appuntamento centoventi minuti in anticipo. Ogni volta, mi adoperavo affinché il luogo d'incontro fosse lo stesso. In quel modo, un paesaggio nuovo non mi avrebbe distratto e l'attesa sarebbe stata più lunga.

A Torino andavo sul lungo Po, davanti ai canottieri dell'Esperia, dove il fiume forma un'ansa poco frequentata, ai piedi del Monte dei Cappuccini. In montagna, invece, m'incontravo vicino a una panchina, a trecento metri dall'uscita della discoteca Tabata. Nell'aria fredda, un faro illuminava i respiri e il vapore dei corpi, sudati per il molto ballare.

Con l'esercizio, avevo imparato a distinguere il fiato della mia ragazza dagli sbuffi degli altri passanti. Adesso, vedevo i campi buii e innevati, i piattelli immobili dello sky-lift Cit Roc. Vedevo il respiro di Kerry sbriciolarsi, in fretta, nel freddo.

Così rimasi seduto sul letto, a guardare le tende della finestra. Spike e Gian Andrea erano andati al supermercato in paese, per comperare due bottiglie di vino bianco.

Nel cortile acciottolato erano parcheggiate due Ford nere. La signora Smith uscì fuori; la pila produceva brevi raggi di luce. Aprì il baule della macchina del marito e raccolse la spesa. Per bilanciare la zoppia della gamba sciancata, afferrò le due sacche con la mano destra.

Oltre il cortile, si alzavano i cipressi; circondavano il campo da tennis. Adesso, giocavano Kerry e Suzanne.

La notte era tiepida per essere il mese di novembre. Due luci alogene illuminavano il campo. La sera, quando non faceva freddo, Suzanne si allenava con la sorella per un torneo che sarebbe incominciato in primavera.

Avevano i capelli sciolti e le magliette rimboccate fino ai gomiti. Il reggiseno sportivo, sotto la tuta, non lasciava muovere il seno.

Suzanne aveva vinto la prima partita sei a due, Kerry la seconda al tie-break. Adesso conduceva Suzanne quattro a tre e Kerry serviva, cercando di non commettere fallo di piede. Si impegnavano, mi faceva effetto. Era tanto tempo che non vedevo qualcuno impegnarsi.

Verso le undici e un quarto, Gian Andrea e Spike entrarono in camera con due bottiglie di Taittinger e una macchina fotografica Polaroid.

– Che faticaccia! Come va, pippaiolo d'assalto? –

– Quando ti vedo, bene Gian, lo sai. Perché ci avete messo tanto? –

– Beccare il vino non c'è stato problema, il market chiudeva alle undici. Poi abbiamo imboccato una strada del cazzo e ci siamo persi, io e l'Anarchico –

– Taittinger, è una cosa seria – dissi.

– Vale una scopata. Fai due conti: un zip-zap a Torino costa più delle due bottiglie messe insieme. S'intende un zip-zap di media qualità. Ah, a proposito di scopate, ho un afrodisiaco nel portafoglio. L'ha beccato mio fratello in un sexy-shop, quando era in gita scolastica a Roma. Comunque, si può mettere nei liquidi, così si fa già 'sta notte –

– E cosa ci facciamo di una Polaroid? – chiesi.

– Ci facciamo, ci facciamo... –

Nel portafoglio, Gian Andrea teneva sempre due preservativi e sei banconote da cinquanta. A volte, aveva anche un afrodisiaco.

Tagliò la bustina con le mie forbicine per le unghie e, con l'aiuto di Spike, vuotò il contenuto nelle bottiglie.

– Non ne spreco due, perché altrimenti ci saltano addosso e non c'è più gusto. Poi non vorrei che stessero male... – spiegò battendo l'indice sul fondo della bustina, per fare scendere le ultime scorie di polvere – ... OK, adesso vado e prendo cinque bicchieri nella living room dello Smittone, che il nostro topaccio nero riporterà a operazione conclusa –

Quando la campana del paese contò fino a dodici, Suzanne e Kerry entrarono da noi.

Erano in camicia da notte, senza pantofole. Le calze, corte e verdi, lambivano l'osso delle caviglie.

Incominciammo a parlare. Da qualche minuto, il fischio rauco del riscaldamento invadeva la casa. Poi, verso l'una, Gian Andrea offrì le promesse Marlboro a Suzanne.

Servimmo le bottiglie di Taittinger; noi bevevamo poco e continuavamo a riempire i bicchieri delle ragazze che non ci bloccavano il polso.

Diventarono affettuose e, all'una e mezza, Gian Andrea stava baciando i seni di Suzanne con foga. A Kerry, invece, l'afrodisiaco non aveva fatto effetto granché. Tuttavia, era più allegra e mi parlava con gentilezza.

A un certo momento, mi trovai sul letto, un braccio sotto la sua nuca, lo sguardo che inseguiva una mosca inesistente. Eravamo distesi vicini, ero intorpidito. Kerry non abbassava gli occhi sulla mia bocca, però sorrideva. Ogni volta che si ravviava i capelli – cosa che faceva a intervalli regolari –, il dorso della mano mi toccava il mento.

Forse, potevo provare a baciarla. Non capivo perché non lo facevo. Forse, non avevo il coraggio. Non riuscivo a immaginare che lei volesse quello.

Spike, sul quale l'afrodisiaco aveva avuto un effetto forte, si masturbava in gabinetto.

Verso le tre del mattino, incominciammo, di nuovo, a parlare tutti e cinque. Quel giorno, Kerry e Suzanne avevano avuto l'ultimo giorno di scuola prima delle vacanze di Natale.

– So, why don't you come with us? –

– You must be crazy! – rispose Suzanne – Plus, we have no money –

– We have the money – disse Gian, chiudendo e aprendo la mano lentamente, come se facesse un esercizio per combattere l'artrite delle dita.

– Oh, come on! We can't escape like this –

– No escape, just a Christmas trip –

– I would love to and, maybe, also Kerry would –

disse Suzanne, sgranando gli occhi – But, we simply can't. Our parents would kill us –

Gian Andrea andò verso la cassapanca e sollevò il suo maglione di Shetland rosa, scoprendo la macchina fotografica Polaroid.

– They will kill you – disse mostrando alcune fotografie che ritraevano Suzanne mentre fumava e mentre si lasciava baciare i seni da Gian.

– Oh, shit! You can't do this to us, you stupid Italians! – escalmò Suzanne. Aveva ceduto.

Gian Andrea sapeva patteggiare. Diceva di avere la mentalità dell'antico romano. L'amicizia, per lui, era un contratto.

– E Kerry, come la convinci? – chiesi io – Lei non fuma –

– Convinci una, convinci l'altra – sorrise Gian – Solidarietà tra femmine –

Quando, verso le quattro del mattino, le ragazze lasciarono la camera, avevano perduto la libertà. Gian Andrea e io parlavamo sotto le coperte, a luce spenta. Spike dormiva.

– Finalmente, ci sono anche le donne – mi sussurrò. Aveva la voce di chi parla la notte e teme di svegliare qualcuno.

– E mi sa che mi devi un Drakkar Noir – dissi.

– Guarda che io mi sono slinguato Suzanne solo per tenere in allenamento il dribbling stretto sulla fascia. Kerry mi ingrippa ancora, da bestia. Sei d'accordo che con lei non era facile fare due porcate. Comunque domani non c'è problema, Kerry è mia. Se vuoi ti cedo Suzanne che, diciamocelo, non è da buttare. A proposito, te la sei slinguata Kerry? –

– No, putroppo –

– Hai mancato l'appuntamento con il traversone?! E, allora, scordatela! La regola con le femmine è la tempestività –

– Forse – dissi, pensando che invece aveva proprio ragione.

– Comunque, se vuoi beccarti almeno Suzanne, allenati un po' allo specchio –

– Perché allo specchio? – domandai.

– Sì, Pelle, tu non hai mai slinguato, devi fare pratica. Slingua un po' allo specchio –

– Va be' –

– Certo, se ci pensi, gli inglesi sono abbastanza sfigati. 'Sti qua hanno un campo da tennis, il marito fa il maestro in un circolo importante e devono affittare le camere a chi capita. È allucinante, non si possono permettere nemmeno la seconda casa... – mormorava Gian Andrea, lo sguardo perduto nel buio. Io dormivo.

Il giorno seguente Suzanne e Kerry si aggregarono a noi. Nonostante tutto, Gian si disse sorpreso. Prospettò due possibilità: desideravano perdere la verginità con un italiano – possibilità da escludere con riferimento a Spike – oppure loro, come noi, volevano fare le valigie.

Verso l'una, ci alzammo e riempimmo gli zaini. Gian Andrea cercò le ragazze, desiderava controllare che non si fossero tirate indietro, il "check-in" come disse.

Ritornò di buon umore e ci informò che i genitori erano partiti e sarebbero ritornati la sera. Le figlie non avevano mosso obiezioni e avevano già scritto un biglietto ai signori Smith.

Kerry indugiava ancora, ma era giusto così.

Lasciammo il denaro in una busta e saltammo su un treno per Londra. Arrivammo a tarda sera.

Durante il tragitto, Gian Andrea e io cercavamo di parlare con Kerry. Spike, invece, era gentile con Suzanne che teneva gli occhi fermi su Gian.

Sentivamo la radio, eravamo allegri. Poi Kerry incominciò a chiacchierare con Gian Andrea. Io uscii a passeggiare nel vagone. La campagna era avvolta da una nebbia azzurra e appiccicosa. Kerry rideva. Nel corridoio, la sua voce arrivava a me come uno schiaffo.

– What do you usually do on Saturday afternoon? – chiedeva Kerry.

– Well, we go clubbing from three to seven, then to the cinema or to the pub. Sometimes, we go partying somewhere else – rispondeva Gian Andrea.

– And on Sunday? –

– The foot-ball match, that's it –

Kerry ascoltava e Gian sapeva quando sorridere e quando guardarla negli occhi; poi faceva una domanda per dimostrarsi attento. Allora, lei parlava della gioventù inglese: i ragazzi avevano pochi soldi, non esistevano le mototiclette 125 CC e nemmeno i paninari; le discoteche erano frequentate solo da maggiorenni.

Li guardavo dal vetro dello scompartimento. Kerry aveva i capelli pieni di sole. Gian Andrea non sembrava più un toro di San Fermin; si muoveva in un trotto prudente, da cavallo avellinese. Parlarono per l'intero tragitto, fino a Victoria Station. A me non importava più niente di Kerry, volevo ritornare in Italia.

Quando smontammo dal treno, Gian Andrea mi sussurrò – È quasi fatta... –

Spike scese per terzo, un po' assonnato, poi Suzanne e infine Kerry, che si avvicinò e mi prese la mano.

Le due ragazze conoscevano Londra e ci fecero da guida. Adesso, il viaggio cambiava ritmo, anche nei dettagli. Chi avrebbe fatto il bagno per primo?

Un bus rosso, a due piani, ci depositò a Nell Guin House, una specie di albergo vicino a King's Road. Affittammo un appartamento: due stanze, con due letti ciascuna, e un bagno.

Ordinammo la cena in camera e tre bottiglie di Riesling. Le ragazze avevano le sterline per una corsa in pullman e, come convenuto da Gian Andrea, pagammo per loro.

Adesso, bisognava procedere alla divisione delle stanze.

– Allora, come facciamo? – chiese Spike.

– Certo, non ci si lascia sfuggire l'occasione. In una camera Kerry e io e nell'altra Enrico, Suzanne e tu –

– Non so se hai capito. A me Kerry piace – dissi.

– Senti, se vuoi due sberle, basta chiederle. Comunque facciamo testa o croce, la sorte parla –

Lasciammo decidere al penny inglese. La testa della regina Elisabetta decretò che Gian Andrea doveva dormire con Suzanne e che Spike, Kerry e io dormivamo insieme.

– Ci hai un culo, ma un culo... che sono pazzo di rabbia! Comunque, non c'è problema. Tu non riesci a beccartela e io, domani sera, d'obbligo, dormo con lei e è fatta – disse Gian Andrea non perdendo il suo buon ottimismo.

Cenammo tutti insieme nella mia stanza. Le due ragazze mangiarono e bevvero poco; io, ripetendo la parola "Coupole", non assaggiai il vino; Spike, scoraggiato, si ubriacò e, come disse Gian, vomitò anche l'anima.

Verso le undici e un quarto, il cameriere portò via il carrello su cui aveva apparecchiato il pranzo e noi ci ritirammo in camera.

Kerry era seduta sul letto. Teneva le gambe accavallate e il risvolto dei pantaloni disegnava una sagoma storta sul pavimento.

Spike dormiva, accovacciato, sulla brandina; le mani chiuse, appoggiate sulle guance, sembravano proteggerlo da un pugno invisibile.

Quando mi sedetti, lei abbassò gli occhi. Le mie spalle oscillavano un poco. La radiosveglia, con cui giocava, trasmetteva una canzone di Paul McCartney.

Incominciammo a parlare. Le frasi erano brevi e

non avevano significato. Le tempie scandivano una marcia lenta e grave.

Kerry continuava a non guardarmi. Sfiorai il dorso della mano. Sorrise e, per la prima volta, posò lo sguardo tra il mio mento e il naso. Sentii un nodo alla gola e deglutii. Mi ricordai che non mi ero allenato allo specchio – come aveva consigliato Gian – e che, forse, avrei fatto brutta figura.

Lei abbassò, di nuovo, gli occhi a terra. Cercai di convincermi che voleva.

Toccai il suo mento. Lei mi fissò, per un istante, e, per nascondere il suo sgomento, si ravviò i capelli. Le mie spalle continuavano a oscillare.

Una spanna ci divideva. A ogni istante, aspettavo che lei dicesse, scuotendo la testa: "No, mi dispiace, non è possibile."

Invece, mosse il collo verso di me e appoggiò le labbra. Udii un boato, non so se dentro o fuori.

Sentivo il suo fiato. Le ciglia delle palpebre mi sfioravano la guancia.

Sentivo la consistenza delle labbra – che avevo studiato, a memoria, con gli occhi. Toccai la lingua.

La voce di Paul McCartney era vecchia e allegra. Kerry mi stringeva. I pensieri complicati diventavano stupidi nella saliva.

Accarezzavo i gomiti magri. La lingua si muoveva a destra e, poi, con calma, a sinistra. A volte, anche se non era elegante, aprivo gli occhi per vedere se era tutto vero.

Ho avuto il tempo di baciarle l'ombelico, di toccarle il seno, di sentire i capelli sparpagliati sulle guance che la notte più bella era passata.

Quando mi svegliai, non ricordavo di avere dormito.

Staccai le sue mani dal collo e le accarezzai, ancora una volta. Sentii che mi piaceva in modo funesto.

Coprii le sue spalle con la coperta che, durante la notte, avevo tirato dalla mia parte. Poi mi vestii e andai nella camera di Gian Andrea, chiudendo la porta dietro di me.

Quando Remo s'incamminò verso l'albergo, il rubino, metà rosso, metà giallo, gli cadde di tasca e ruzzolò in terra; poiché era ancora stordito dai vapori del latte, non si accorse che due uomini si stavano avvicinando; indossavano un'uniforme da pompieri: le spalle, larghe e minacciose, erano ornate da un distintivo che raffigurava un estintore azzurro.

Remo si chinò per legarsi le scarpe e le due ombre volarono sopra la sua schiena, così incominciò a correre cercando di fare uno sprint, ma le sue gambe corte si muovevano piano.

Adesso, poiché i due mantelli di plastica gli stavano quasi addosso, girò in un corso che costeggiava il fiume, dove i resti di una bancarella erano abbandonati al saccheggio di un piccione; guadagnavano, ancora, terreno e a Remo faceva male il torace per la corsa; con una finta, svoltò su un ponte e, sentendo un'ascia a forma di grattugia sulla pelle della gola, si lasciò cadere nell'acqua.

– Il plonge, le salot –

Remo si sentì issare da due braccia morbide.

Un remo scarabocchiava l'acqua e il gozzo si allontanava sotto la luna, abbandonando il grande museo, i due barboni, il ristorante di lusso e i pompieri malvagi – che agitavano ancora sul ponte le asce a forma di grattugia.

– Addio, bella città! –

Remo socchiudeva gli occhi; il vento dell'oceano gli massaggiava la cute dei capelli.

Alle quattro di notte, si rizzò nel suo letto di legno, aveva la testa indolenzita; il mare era immobile, i gabbiani si posavano sul suo naso e si divertivano a pizzicargli le lentiggini con i lunghi becchi gialli.

Un vecchio remava a prua; indossava un vestito bianco, un cappello da picnic in testa e fumava; era bello: aveva la mosca della barba bianca e gli occhi azzurri, la pelle delle mani molto liscia; guardava Remo e sorrideva.

– Ciao, io sono Armando Fortuna – disse.

– Buon giorno, io sono Remo. Perché mi ha salvato? –

Il signore non rispose.

– Ma lei è un mago oppure un lupo di mare? – chiese Remo.

– Io non sono né l'uno né l'altro –

– E allora chi è? –

Il vecchio non rispondeva e sprigionava sei cerchi di fumo dalla bocca, poi cambiava la forma dei cerchi: un castello, un ippodromo e un tempio, alcune stalle ricol-

me di biada... ma poi, con uno sbuffo vessatorio, cancellava tutto.

Remo aveva fame e un po' freddo.

– Hai fame e anche un po' freddo – disse il vecchio.

– Ma come ha fatto a leggermi dentro? È un mago, vero? –

– Anch'io ho fame. Allora, mettiamoci al lavoro –

– E come? –

– Io userò la rete e prenderò pesci e farfalle –

– Ma non ci sono le farfalle sul mare? – domandò Remo.

– Non ti devi preoccupare – disse il signore.

– E io cosa faccio? –

– Prendi questa canna e cerca di pescare qualcosa –

– Anche una farfalla? –

– Sì, anche una farfalla se sei capace –

Quando Remo si svegliò, sul mare brillava il piccolo carro e il vecchio, canticchiando un'aria di fado portoghese, friggeva un pesce; mangiarono insieme; adesso, il mare era agitato e il gozzo ballava, ma Armando Fortuna guardava le onde con sentimento.

– Perché sei pallido? –

– Soffro il mal di mare – disse Remo.

– Tieni, mangia questo –

Il signore offrì a Remo una farfalla zuccherata, come dolce, e subito il mare ritornò calmo e gli passò la nausea, poi Remo si tolse le scarpe e i pantaloni e si tuffò nell'acqua: le onde erano tiepide e immobili; anche Armando Fortuna si tuffò e i due incominciarono a spruzzarsi e a ridere; dopo il bagno, il vecchio asciugò la pancia bagnata di Remo e gli offrì una seconda farfalla zuccherata.

– Com'è bello lei con i capelli bagnati, sembra un mago –

– Sorsate di miele asciolte in nozze, in biondi filamenti frementi in fiamme. E i lidi bianchi, limati alle nuove porte dei parchi, arriveranno circolari e cristallini in fasti crisantemi. Riavvolgeranno i gioielli in traianiche trinità, riavvolgendo i saiiti sanguinanti e i doni increduli –

Quando Armando Fortuna terminò il suo discorso, gli occhi si infiammarono di colori; anche se non aveva capito il senso della tiritera, Remo, adesso, sapeva tutto e non avrebbe più chiesto niente; così con il pizzichio dello zucchero sulle labbra, prese sonno; il signore accese una lanterna di latta e vegliò; trascorsero le ultime ore della notte, il cielo perse il piccolo carro e l'orizzonte si coprì dei puntini dell'alba.

– Cosa sono quelle cose là? – chiese Remo.

– I monti bianchi –

– Ma sono bianchi perché hanno la neve? –

– È la neve di Dover – disse Armando Fortuna – È una neve senza la neve –

Il gozzo si posò sulla sabbia, la marea scendeva e il signore seguiva Remo che si allontanava tra le conchiglie rotte; quando era ormai un punto nero negli occhi del vecchio, Remo alzò il braccio e urlò – Addio e grazie per avermi salvato! –

La voce rimbombò nella baia, Armando Fortuna si rimise il cappello da picnic e riprese la via del mare.

Remo uscì dal porto; il paesaggio era diverso da quello precedente: i muretti in pietra recintavano i campi non coltivati, le pecore dormivano sdraiate – molte erano malate e vecchie – i cespugli, pieni di spine, lasciavano intravedere un lampone.

Alcune nuvole nere coprivano il cielo e, a stormi, le rondini volavano basse, una scia di insetti radeva un campo di fave, l'odore del tè si mescolava a quello delle primule; il vento si era alzato e le querce si piegavano diffondendo il loro sbattere di rami e i loro pianti nella vallata, i pastori si affrettavano a serrare i recinti mentre le mucche avanzavano lente.

Remo aveva paura dei temporali, ma odiava ancora di più aspettarli e vedere gli animali scappare; pensava – Ma perché non piove? Se piovesse, anch'io dovrei correre per trovare un riparo, ma, adesso, non ha senso che io corra –

Così Remo si sedette su una pietra e incominciò a piangere, poi si sentì colpire da qualcosa di bagnato che, però, non proveniva dai suoi occhi; volle essere proprio sicuro e guardò su: una goccia gli scese nell'occhio, pioveva.

Fece una corsa e si riparò sotto un ciliegio; la testa appoggiata contro la corteccia, guardava la campagna che si allagava: l'acqua si incuneava tra una pietra e l'altra dei muri, le pecore andavano a adagiarsi sulle radici di una quercia per continuare a dormire e un cane abbaiava e correva sotto la pioggia.

Quando la pioggia cessò, Remo aveva i vestiti ba-

gnati e si sdraiò al sole; con gli occhi chiusi, guardava la luce filtrare attraverso le sue palpebre.

Sentì qualcosa di umido sfiorare il suo orecchio destro: era la punta di una lingua.

– Ciao, ti amo – soffiò Samy Sinclair.

– Dimmi il tuo nome e ti amerò anch'io – disse Remo guardandosi intorno.

– Sono Cinzia – soffiò Sam.

– Ma sei Cinzia o sei Sam? – chiese Remo.

– Io sono Cinzia – disse una bambina, seduta a cavalcioni su un albero.

– E io sono Sam – disse un signore che suonava un clavicembalo con abilità.

– Ma vi conoscete? – chiese Remo.

– A volte – disse Samy Sinclair.

– Non l'ho mai visto, quello lì – disse la bambina sorridendo.

Cinzia indossava un piccolo Loden verde e un cerchietto di legno dietro le orecchie.

Remo starnutì e la bambina scomparve.

Restava solamente il piccolo Loden verde, spiegazzato sul ramo.

– Perché non c'è più, signor Sam? Perché? – gridava Remo.

Ma Sam non lo ascoltava e suonava il clavicembalo; una scrofa, grande e rosa, girava attorno all'albero, seguita dai suoi porcellini.

Remo, rabbioso, prese una castagna e la tirò contro Samy Sinclair rompendogli il clavicembalo, ma Sam ne chiese un altro in prestito al maiale rosa e riprese a suonare.

Quando Remo stava per incamminarsi, vide il piccolo Loden verde sul ramo e divenne ancora più triste; per evitare di piangere di nuovo, incominciò a pensare a Cinzia; pensava così tanto a lei che non si accorgeva dei luoghi in cui passava: sognava di dividere con lei un mese di luglio, un sette dicembre, la prima nevicata in città, sognava di giocare con lei ai giardini del Fante – dove veniva accompagnato, ogni pomeriggio, dalla bambinaia – e di mangiare con lei una fetta di Piave.

– Ciao, ti amo –

– Anch'io adesso che so il tuo nome – rispondeva Remo.

– Sei proprio bravo a fischiare con il pollice e il medio –

– Ti posso dare un bacio sulla guancia? –

– Mi sei simpatico – diceva Cinzia.

– Mi sei simpatica – diceva Remo.

– Perché ripeti quello che dico? –

– Perché lo ripeto –

– Mi fai ridere –

– E perché? –

– Così –

– Staresti bene vestita di blu – diceva Remo.

– Mi fai di nuovo ridere. Da grande vorrei fare la spiritosa oppure la ballerina. E tu? – chiedeva Cinzia.

– Lo scrittore –

– Continui a farmi ridere –

Erano già passati due giorni e Remo continuava a camminare, gli occhi rivolti verso gli alberi: era l'unico modo per continuare a parlare con Cinzia, infatti il verde dei rami gli ricordava il colore del Loden; anche se marciare con gli occhi puntati in alto comportava alcuni rischi, a Remo non importava.

Con Cinzia era già andato a nuotare alla piscina Colletta e aveva fatto un tuffo a bomba che l'aveva impressionata; una sera, in montagna, avevano pattinato sul ghiaccio e Cinzia indossava due muffole dello stesso colore del paraorecchie; poi erano andati al cinema a vedere Il maggiolino più pazzo del mondo.

Così passavano i giorni, senza mangiare e senza dormire, e Remo guardava gli alberi.

Il quinto giorno – dato che non c'erano più alberi e, quindi, non riusciva più a camminare – Remo si distese, per un po', lungo un'autostrada; verso sera, un'automobile accostò e lo raccolse; grazie a due sorsate di un liquore forte, Remo riacquistò il suo colore e tossì un po'.

– My name is Donovan – disse l'uomo senza staccare gli occhi dalla strada.

– Ma lei è Armando Fortuna! – esclamò Remo.

– No, I am Donovan –

A Remo, invece, sembrava proprio Armando Fortuna; il signore aveva sostituito il cappello da picnic con una visiera da autista, su cui era ricamata una scimmia in movimento e due grandi "P", come quelle dei due barboni.

– Perché avete sempre la "P"? È la "P" del pinguino stellato vestito di seta? –

La macchina si arrestò davanti a un'osteria, sull'insegna era scritto "The grey sheep's pub", ma Remo non capiva che cosa volesse dire, non capiva la lingua del nuovo paese.

Quando furono dentro, spintonarono un signore che giocava al tiro a segno con un mazzo di freccette gialle; dopo un breve volo, nel fumo dell'osteria, gli aghi si piantavano sul bersaglio morbido; il giocatore accompagnava le freccette con un movimento banale, ma pieno d'esperienza.

Remo aveva fame e sete e il signor Donovan gli disse che avrebbe pagato lui, poi la padrona portò una bibita piena di bolle rosse e una coscia di pollo fritto, coperta da una marmellata amara.

Remo introdusse la moneta di resto – che la donna aveva lasciato sul piatto – in una grande scatola buia: alcuni pulsanti incominciarono a lampeggiare e la scatola cantò un ritornello monotono che incoraggiava Remo a premere i bottoni; dato che non succedeva nulla, schiacciò il pulsante verde, pensando a Cinzia.

Un suono di metallo si abbatté sul fondo della scatola, dove si accumulava una montagna di denari; molta gente stava intorno a Remo che guardava, a bocca aperta, crescere la piramide di monete simili a quella, piccola, che aveva introdotto; Remo raccolse quanto poteva tenere in mano e lasciò il resto in fondo alla scatola, poi offrì da bere a tutti i presenti e da mangiare al signor Donovan.

Verso sera ripartirono in macchina e arrivarono davanti al sobborgo di una città, ancora più grande di quella che aveva lasciato.

– Arrivederci e grazie per avermi salvato di nuovo

– disse Remo al signor Donovan e poiché amava avvicinarsi lentamente alle grandi città, si fece lasciare a piedi.

Quando arrivò nel centro – tre strade incrociavano una piazza piena di macchine –, era molto stanco e decise di prendere un taxi: tanto ora era diventato ricco; i taxi erano automobili nere, di lusso, che gli ricordavano i carri funebri; Remo guardava i palazzi davanti a cui le guardie stavano sedute a cavallo e, dato che appoggiava il naso sul vetro del taxi, disegnando piccoli triangoli di fiato, il conducente lo sgridò.

Remo aveva sonno, ma, ovunque, gli albergatori gli dicevano che non c'era più posto, allora gli venne un'idea: sarebbe andato a dormire in un giardino pubblico; si distese su un'aiuola – l'erba era il materasso, il poggiatesta sarebbe stato un giornale di rugby, uno sport di cui non capiva le regole – e dopo poco si addormentò.

– Come on, away, away! – lo scosse un poliziotto.

Remo capì dai gesti dell'agente, fiero della sua uniforme, che doveva andare via.

– Mi scusi, non sapevo di non avere diritto di stare qui – disse Remo salutando il poliziotto.

Dato che aveva dormito poco e era ancora assonnato, si appoggiò a un lampione e si addormentò di nuovo; quando si svegliò, l'aria scaldava la cima dei tetti, era l'alba; Remo incominciò a correre a perdifiato per le strade: si sentiva fortunato di poter correre in un luogo dove, dopo qualche ora, la gente si sarebbe mossa a spintoni.

Verso le undici di mattina, Remo decise di entrare in un grande magazzino; sulle tende verde marcio era dipinto un nome che incominciava con la lettera "H"; incominciò a salire i piani del grande magazzino e notò che, all'entrata di ogni sala, avevano dipinto la lettera "H" sugli oggetti.

La prima sala era dedicata alle marmellate; le confezioni erano blu oppure rosse e il nome sull'etichetta stava scritto a penna stilografica: castagne, arance tarocchi, catalogne, lamponi di un bosco che si chiamava "South Ampton"; dal soffitto del terzo piano pendevano i frustini di cuoio e le selle, sugli scaffali erano allineate le spazzole per strigliare i cavalli, un lucido per gli zoccoli, i cappelli neri e blu, foderati di stoffa gialla.

Poi Remo andò a visitare il piano del vestiario femminile: gli piacevano molto i reggiseni e le mutande bianche – quelle di pizzo, però, gli mettevano paura –; non si vergognava di essere un bambino tra tante donne.

Girava a lungo tra i banchi, tirando gli elastici delle mutande bianche e guardando le fotografie appese; poiché voleva diventare istruito, leggeva anche le istruzioni per il lavaggio; poi, mentre stava uscendo dalla stanza, alcune donne incominciarono a urlare. Due uomini avevano fatto irruzione nella sala, indossavano una mantella di plastica e brandivano una pompa da cui colava un cemento color zafferano e incandescente; Remo riconobbe i due pompieri malvagi.

I pompieri versarono una colata di cemento su uno scaffale di reggicalze blu e grigi, che si disciolse in fret-

ta; le donne urlavano sempre più forte e posavano la mercanzia sui banconi.

Remo amava queste situazioni e aveva voglia di disarmare i banditi, proprio come faceva nei sogni con Cinzia; si mise a quattro zampe e strisciò, piano piano, dietro un camerino, poi fece cenno a una vecchia signora di gettare in aria il reggipetto giallo e trasparente che teneva in mano; tirò un calcio sul pisello del primo pompiere e lanciò la pompa di cemento color zafferano alla vecchia signora che aveva distratto i banditi.

Remo diede l'allarme e, dopo poco, arrivò la polizia; adesso era attorniato dai giornalisti di una rivista locale e da alcuni editorialisti stranieri: veniva portato in trionfo nella sala, a cavalcioni del commissario della polizia, mentre le donne applaudivano, sventolando i reggiseni e le mutande bianche.

Dopo avere ricevuto la taglia sui due pompieri malvagi, Remo fu avvicinato da una signora vestita in modo semplice, che faceva compere per la figlia; pensando che fosse un antico eroe acheo, la signora lo invitò a mangiare a casa sua per quella sera, allora Remo la ringraziò e uscì dal magazzino.

Trascorse il resto del pomeriggio in un negozio, molto elegante, che si chiamava "John Lobb", per cercare un abito grigio; voleva fare bella figura con la signora vestita in modo semplice.

Nel tardo pomeriggio, un muratore che vendeva dolci e bevande zuccherate, gli consigliò di visitare un museo, piccolo, fondato da una certa Madama Tussaud; le sale erano illuminate da un bagliore, debole e artificiale, e Remo si sentiva a disagio; parlava con un signore, poi si accorgeva che era una statua; le cere erano ligie, lucenti, solamente l'attaccatura delle unghie svelava il trucco; dietro quelle facce gli sembrava si nascondesse un calcolo orrendo e Remo aveva più paura delle statue in cera che dei pompieri malvagi.

Nell'ultima sala, vide la statua di sua madre e suo padre: si tenevano per mano e la cera, pallida e bianca, li congiungeva; Remo scappò via dal museo piangendo; dopo dieci minuti di corsa, si guardò intorno e ricominciò a camminare, convincendosi che era stato un brutto sogno.

Prima di recarsi dalla signora, Remo entrò nel bagno di un grande albergo per cambiarsi: indossò il vestito grigio e, con un cornetto che gli aveva dato il pinguino stellato vestito di seta, infilò le scarpe nere – la forma non si era ancora adattata al suo piede –, si spazzolò i capelli e cercò di legarsi la cravatta, ma si accorse che non era capace di fare il nodo, così la tenne nel taschino della giacca; una punta gialla di cravatta spuntava fuori e Remo era fiero che i passanti potessero notarla.

Dopo avere comperato una bombetta grigia, si incamminò soddisfatto; seguì le indicazioni che la signora vestita in modo semplice gli aveva dato e si ritrovò davanti a un fiume; Remo cercava con gli occhi la casetta della donna ma non vedeva nessuna casa, solo un castello, circondato da quattro torri a orologio che suonavano le otto di sera.

Rimase lì, esitante, poi decise di rinunciare alla ce-

na per la quale si era vestito tanto bene; con malinconia, si tolse la bombetta e fece qualche passo senza sapere dove; mentre si stava allontanando le due guardie, immobili davanti al castello, lo chiamarono.

– Ma è proprio qui? – chiese Remo.

– Sì – rispose la guardia che sapeva l'italiano.

– Potrebbe farmi il nodo alla cravatta, per favore? Non sono capace –

La guardia si piegò su Remo e, anche se sembrava molto feroce, prese con gentilezza la cravatta gialla e gli fece un nodo bellissimo; i passanti si fermavano e ridevano.

– Perché ridono? – chiese Remo alla guardia che finiva di gonfiargli il nodo.

– Così –

– Mi scusi, chi abita in questo castello? –

– L'arcivescovo di Canterbury – rispose la guardia di nuovo diritta, le mani lungo i fianchi.

La porta era semiaperta, intravedevo i miei amici. Loro non sapevano che stavo lì. Parlavano forte.

– Mi sono proprio fatto una bella scopata! – disse Gian Andrea vedendomi entrare. Si stava allacciando i pantaloni e cercava la cintura.

– È andata bene? – domandai. Aspettavo il momento per annunciare la mia impresa; sulle mani sentivo ancora l'odore di Kerry.

– Così bene che mi ha lasciato zompare senza goldone –

– L'hai fatto senza preservativo? – chiesi abbassando la voce, pieno di meraviglia.

– Sì, ma ti dirò, non ho goduto tanto –

– E se rimane incinta? Riceveresti una lettera a Torino, a metà marzo "Caro John Andrew, caro papà..." –

– Non penso, ha avuto da poco le sue cose. In ogni caso, la farei abortire al volo... operazione Concorde... c'è tempo per fare i papà. A proposito, te la sei beccata Kerry? O un altro rimbalzo? –

– Sì – dissi con fierezza.

– Bastardo! Io mi sono già stufato di Suzanne, te la ruberò! E com'è? Ha la lingua fluttuante? –

– Molto! –

– L'hai scopata almeno? –

– No –

– Ha adottato la politica indocinese: "abbandono il Nord per difendere il Sud"? – chiese Gian Andrea – Pippe e ditalini? –

– Cos'è, un interrogatorio? –

– Quante? –

– Ma non lo so, non sono un contagiri –

– Sei un poeta, lo so – disse Gian Andrea – Ma sappi che è una razza in estinzione –

– E Suzanne com'è? – chiese Spike.

– Inesperta, ma fighissima di corpo. C'ha due zinne da competizione! Sono rimasto sbaccalito quando le ho tolto il reggiseno. Due capezzoli duri come due chiodi, quasi volevo appenderci un quadro. Era vergine, lo sai? –

Quel giorno andammo a passeggiare per Londra.

Kerry e Suzanne ci portarono a vedere il cambio della guardia, la cattedrale di Saint Paul e la Royal Academy. Verso le due di pomeriggio, mangiammo in un Mc Donald's di King's Road.

– Cosa volete? Enrico? – chiese Gian Andrea che andava a ordinare.

– Un croissant al prosciutto, una porzione di patate, un Doctor Pepper... –

– Sì, ciao balle, basta. Spike, Kerry, Suzanne? –

– Come il non estremista, più un milk shake alla banana al posto del Doctor Pepper – disse Spike.

– A hot-dog and Coke – chiese Suzanne ridendo nel sentirci parlare italiano.

Secondo gli inglesi parlavamo molto in fretta e sembravamo sempre arrabbiati.

– Like Enrico, plus a lemonade, instead of the Doctor Pepper – ordinò Kerry.

– Non piace a nessuno il tuo Doctor Pepper – osservò Gian Andrea.

Era la prima volta che Kerry pronunciava il mio nome.

Gian Andrea ritornò con tre vassoi di plastica gialla. Sulla tovaglia di carta era disegnato un hamburger al pollo e la faccia di un bambino.

Spike andò a comperare un pacchetto di Cigarillos Che Guevara mentre Gian Andrea offrì una sigaretta a Suzanne che la afferrò con le labbra.

Pensavo che la perdita della verginità si potesse vedere dall'esterno, pensavo che lasciasse un segno sulle tempie oppure sul collo. Così spiavo ogni movimento di Suzanne.

Andammo a Tower Hill, due stazioni di metropolitana da dove ci trovavamo. Bisognava prendere la Circle & District Line.

Gian Andrea acquistò un lp degli Spandau Ballet, Spike un disco dei C.C.C.P. e un filmato della storia dei Sex Pistols.

Ci spostammo a Trafalgar Square, i piccioni volavano attorno alla statua come se fossero attratti dall'anima in pietra di Nelson.

Entrammo nella National Gallery. Ricordo un piccolo Boudin, era alto una spanna e lungo dieci centimetri. Le tre donne, dipinte con un colpo solo di pennello, cercavano di fare picnic sulla spiaggia.

Ci recammo a Embankment, una stazione della Piccadilly Line. Salimmo su un battello bianco, il fumo del motore disegnava una striscia storta nel freddo. Ci sedemmo fuori, su cinque sedie di legno.

Il battello discese il Tamigi e, dopo un'ora, arrivammo a Greenwich.

Una strada si arrampicava sulla collina fino all'Osservatorio, dove – mi avevano insegnato – il mondo è diviso in Est e Ovest. Visitammo la Cutty Sark, poi ci riparammo in un pub. Si sentiva l'odore, grasso, del burro che si scioglie sulle bistecche.

Prima della notte, ci incamminammo verso il traghetto. Nel pub, il juke box di platino suonava *Tainted love*. Quando sento le prime due strofe di quella canzone, ricordo, ancora, Kerry.

Verso le sette di sera, rientrammo a Londra e ci incamminammo verso Covent Garden, un mercato che era stato restaurato da poco tempo.

Le vetrine dei negozi di giocattoli erano vuote, non illuminate. Spike appoggiò la fronte sul vetro e, riparandosi con la mano dal faro di un lampione, riuscì a vedere una casa delle bambole.

Da un venditore ambulante acquistammo un rotolo di carta igienica con il viso di Mrs. Thatcher e un cappellino a cui erano appesi due seni. Suzanne comprò anche una cartolina dell'ippodromo di Ascot.

Ritornammo in albergo. Pioveva forte; il vento era incostante, cambiava direzione alla pioggia e non ci permetteva di stare al riparo.

Kerry aveva le guance bagnate; una goccia di pioggia stava sulla punta del suo naso, sembrava una perla rotta.

Scherzavamo tra di noi e spruzzavamo i passanti.

– Che si fa 'sta sera? – chiese Spike.

– Io andrei al Taxido's, una disco molto galla – disse Gian Andrea.

– Cazzata –

– Senti, comunista bastardo, sei l'unica zavorra senza donna, quindi adeguati –

– Dove andiamo a mangiare? –

– Ma, non so, Enri? Pampal's parla un po'... –

– Per me va bene – dissi.

– Dove allora? –

– Se volete c'è il Connaught, simile a Chez Maxim's –

– Mi rifiuto – disse Spike.

– No, no. Perfetto, mi ingrippa alla grande –

Dopo aver raggiunto il nostro appartamento in Nell Guin House, lasciammo fare il bagno a Kerry e Suzanne per prime. Quando l'acqua calda era terminata e fu il nostro turno, Gian Andrea fu estratto di nuovo ultimo nel sorteggio.

Io decisi di indossare un doppiopetto e una cravatta Battistoni mentre Gian Andrea inaugurò i Closed grigi e una nuova Controvento.

Kerry prese dalla valigia una minigonna nera – spiegacciata di proposito –, la camicia di seta e un paio di scarpe di vernice, senza tacco, che per gioco continuava a perdere.

Davanti allo specchio, mi aiutò a fare il nodo alla cravatta, non ero capace – una lacuna che mi portavo dietro da tempo. Io le fissai una collana di pietre nere sotto la nuca, scostando un po' i capelli. Mi chiedeva se la camicia era trasparente e io la rassicuravo.

Verso le nove e trenta, bussammo a Gian Andrea. Suzanne non trovava gli orecchini e Gian, a quattro zampe, guardava sotto il tavolo.

Spike non voleva venire. Era disteso sul letto e fumava l'Arama Fuerte. Adesso non sembrava più la ballerina di Degas, caduta in una pozzanghera rossa a forma di fegato, era solamente testardo e malato.

Imprestai a Spike il mio gessato grigio e Gian Andrea gli annodò al collo la sua cravatta di Missoni preferita; Suzanne gli diede uno schiaffo che camuffava una carezza. Poi gli tolse dalla bocca l'Arama Fuerte e lo mandò a lavarsi la faccia.

A differenza di quello che era capitato da Chez Maxim's, gli uscieri del Connaught ci lasciarono entrare e mangiammo bene.

Poiché avevamo lo stomaco freddo, ordinammo, come prima portata, un minestrone di carote. Le ragazze scelsero, per noi, la carne e il contorno di fagioli bolliti. Assieme al caffè, il nostro cameriere – aveva un naso femminile, ritoccato dalla mano di un chirurgo – portò alcune paste ripiene di zabaglione caldo.

Verso mezzanotte, andammo al Taxido's. La fila davanti alla porta, gli spintoni, gli odori forti delle lacche, mi ricordavano Torino, il sabato pomeriggio.

Le ragazze del Taxido's indossavano un paio di shorts sgambati e succhiavano una mentina per avere l'alito fresco. Indicavano i Jack Daniel's – il sedere largo delle bottiglie di whisky si rifletteva in uno specchio blu – e poi correvano sulla pista da ballo.

Su un divano, dietro la colonna, Gian Andrea pomiciava con una ragazza di nome Céline e Spike era scomparso con Suzanne.

Io mi stringevo a Kerry. Ballavamo insieme. Era bello ballare con lei.

Muoveva un po' i fianchi, facendo un mulinello allegro con i pugni delle mani.

– Ti piace la musica commerciale? –

– Molto – dissi.

– Non hai buon gusto – rise, mostrandomi i canini sottili e un po' sporgenti.

Utilizzai la mia consumazione e ordinai una Coca-cola con ghiaccio. Feci un sorso per uno con Kerry.

Verso le quattro del mattino, la discoteca chiuse e, dopo avere ritrovato Spike e Suzanne, a braccetto, andammo lungo il Tamigi. Eravamo in sei e Céline, la nuova ragazza di Gian, parlava senza sosta. Spike passeggiava felice e l'odore virile dei suoi Cigarillos Che Guevara mi arrivava al naso.

Ci divertivamo a leggere, a voce alta, le scritte dei grandi poeti, incise sul marciapiedi. Erano poesie o pensieri che si ispiravano al Tamigi. Gian Andrea non riusciva a pronunciare il nome del poeta Wordsworth e Kerry rideva e pronunciava Wordsworth lentamente, appoggiando la lingua sugli incisivi.

Ritornammo a Nell Guin House e andammo a letto. Céline scrisse il suo indirizzo a Gian Andrea e prese un taxi in direzione del quartiere di Belgravia.

Suzanne dormì nella branda con Spike, Gian cedette a me e a Kerry il letto matrimoniale e andò in camera nostra.

Quella notte, Kerry infilò una camicia da notte grigia e nera che non mi piaceva – a me piace il bianco; i colori scuri mi mettono paura – e così dormii male.

Quando ci svegliammo, Kerry riposava ancora, forse non era abituata a fare tardi. Non la svegliai e guardai, per un attimo, le gambe piegate a angolo sul lenzuolo, poi andai nella camera vicino.

Anche Suzanne dormiva, un ciuffo di capelli sulla bocca; il seno scoperto era oggetto della conversazione di Gian Andrea e Spike.

– Ueilà, pampalone, bella zompata? –

– Mi sento un operaio che timbra il cartellino all'entrata in fabbrica –

– Perché non vuoi bombartela? Pensi ancora alla tua sbarbina dal Loden verde?! Invece il gaggione qua, Spike, si è trombato Suzanne ma, con lui, Suzi ha voluto usare il goldone – disse Gian Andrea; anche in quell'occasione aveva vinto.

– Guarda – mi indicò un preservativo, disteso sul davanzale, dove nuotavano ancora gli spermatozoi di Spike.

– Allora, cosa si fa? – chiesi.

– Si parte – disse Gian Andrea.

– Per dove? – chiese Spike.

– Dove volete voi –

– Non lo so – dissi senza pensare.

– Irlanda e Scozia – propose Spike.

– OK, mi acchiappa –

La mattina, visitammo il museo delle cere di Madame Tussaud.

All'entrata, la coda era lenta e ordinata; senza il consenso delle ragazze, tagliammo la fila qua e là.

Mi sembrava di essere già stato in quel museo. Mentre tutti si divertivano davanti alla statua di David Bowie, io guardavo, frastornato, l'attaccatura delle sue unghie.

Ci recammo al Natural History Museum e cercammo, senza riuscire, di visitare il mercato di Portobello – era aperto solamente il sabato –. Nella Tate Gallery, Kerry mi indicò un autoritratto che Max

Beckmann aveva dipinto il mese prima di morire: al momento della chiusura del pub, il barista diceva "Gentlemen, time" e suonava tre volte la campanella; la faccia di Beckmann era molle e senza forma.

Poi comprammo, di nuovo, la carta igienica con il viso di Mrs. Thatcher in Carnaby Street.

A metà pomeriggio, prendemmo un taxi per Heathrow. Dall'aereoporto di Gatwick, il primo volo per Dublino era solamente alle otto di sera.

Fu un viaggio burrascoso e l'aereoplano veniva scosso dai vuoti d'aria. Avevo un posto vicino al finestrino e cercavo di distrarmi guardando fuori. Sorvolavamo il mare.

Anche gli altri passeggeri stavano male; solo Gian Andrea e Spike giocavano a calcio con una lattina di Pepsi-Cola nel corridoio, dove passavano le hostess.

– Are you OK? – mi chiese Kerry.

– And you? –

– Oh, I'm fine – rispose sorridendo.

Forse stavo già meglio.

– Ladies and gentlemen we are approaching Shannon's Airport. The temperature in Ireland is around ten degrees Celsius. Fasten your seatbelt and make sure you are in a up-right position. We thank you for choosing British Airways –

Mentre l'hostess annunciava l'atterraggio, l'aereoplano faceva uscire il carrello. Sentivo il toast, che avevo mangiato a mezzogiorno, salire in gola. La mano di Kerry tamburellava i miei polpastrelli.

Rimanemmo in Irlanda due settimane. Ogni sera, cambiavamo pensione e mangiavamo in un'osteria per pochi scellini. Raggiungemmo il Donegal del Nord.

Gian Andrea era, di nuovo, insieme a Suzanne. Spike era triste, litigava sovente con Gian e anche con me.

Ci spingemmo in Scozia – Suzanne e Kerry volevano andarci. Seguimmo una strada sterrata, dove non passavano i treni, e raggiungemmo la punta estrema.

Spalmavamo il burro di capra sulle pannocchie bollite e bevevamo un boccale di birra Tenent. Davanti a noi, l'erba invernale formava un'onda magra e marrone. A volte, dietro una zolla, scoprivamo una croce celtica in pietra.

Nelle notti, senza la nebbia, giocavamo a pallone in spiaggia, correndo a piedi nudi sulla sabbia. Le ragazze erano sedute e ci guardavano e noi cercavamo di dare il meglio per i loro applausi. Quando avevamo i garretti pieni di lividi, cascavamo a terra, ruzzolando in modo sguaiato.

Gian Andrea parlava con Suzanne, io con Kerry, Spike fumava un po' più lontano.

Seguivamo i consigli della nostra guida turistica e ascoltavamo le onde rompersi contro la scogliera. Quando il vento era forte, la sabbia si posava sul collo di Kerry.

Sotto la giacca, indossavamo un maglione di lana, non sgrassata, che avevamo comperato da un pastore nelle isole di Aran. Grattava la pelle e sapeva di formaggio Stilton.

Quando eravamo stanchi di baciarci in spiaggia, ci scuotevamo la sabbia dai pantaloni e cercavamo un pub. Un Irish Coffee mi scottava la lingua, e Suzanne, apposta, si sporcava il naso di panna.

La notte dormivamo su un letto duro mentre sulla tavola della prima colazione trovavamo una cesta di mandarini, pane di segala, caffè e due uova fritte.

– Buonissimi, questi mandarini – diceva Spike.

– Ottimi – concordava Gian Andrea.

– In ogni spicchio, c'è un fiocco di neve – dissi io.

– È vero – mormorò Spike – Sembra di mangiare la prima settimana di dicembre –

– Che cos'è, il festival delle puttanate?! – chiese Gian Andrea.

Un giorno ci recammo sul lago di Loch Ness. Era lungo e stretto, i pini crescevano a pochi metri dall'acqua. Vedemmo il museo di Nessie.

Secondo Gian Andrea e Spike, le leggende sul mostro erano idiozie; così litigarono con un pescatore locale che, con un cannocchiale, sedeva sulle rive del lago.

Una notte dormimmo in un relais-chateau, il Red Castle. Dopo avere mangiato, giocammo sul golf illuminato. Gian Andrea era bravo – a Torino era iscritto al golf club La Mandria – mentre io e Spike non sapevamo giocare, non riuscivamo a fare lo swing.

Andavamo a recuperare la palla negli stagni che fiancheggiavano il green.

– Siete proprio due coglioni! –

– Te l'avevamo detto che eravamo negati – gridava Spike.

– Ma tu sei negato in tutto –

– Non è vero –

– Invece è il tuo problema: sei debole e sei negato in tutto –

– A scuola, me la cavo – disse Spike.

– Il bocciato a cinque stelle! –

– E tu due volte, cambiando tre scuole private –

– Io mi diverto, dolcezza – disse Gian Andrea – Poi, la seconda volta mi hanno segato per condotta e non per profitto. Per l'affaruccio della bomba all'entrata del Padano. Era uno scherzo, non l'hanno capito –

– Non l'hanno capito – rise Spike.

– Come tu non hai capito che Suzanne con te non ci sta – disse Gian Andrea.

– Per me rimani un balilla, preoccupato della marca delle sue scarpe –

– E tu, per me, un pezzo di merda, figlio di nuovi ricchi –

I genitori di Spike lavoravano nell'industria delle carni congelate. Venivano dalla città di Biella e rispondevano al telefono in francese. Spike diceva di avere conosciuto sua madre, la prima volta, all'Hiroshima Mon Amour.

L'indomani, davanti al buffet della prima colazione, incontrai uno scrittore di Edimburgo. I capelli grigi contrastavano con la punta della barba, nera.

Nel pomeriggio, giocammo a tennis su un campo in mateco, a destra delle buche da golf.

Vinse lui, sei a quattro in entrambe le partite, grazie a un rovescio da fondo, a due mani, che appesantiva la palla. Assomigliava a un giocatore di doppio australiano, i capelli grigi raccolti nella fascia di spugna.

Volle il mio indirizzo e promise che mi avrebbe spedito in Italia il suo romanzo *Lettere da Glasgow*.

Quando ritornai in camera, Gian Andrea e Spike si tiravano alcuni ceffoni, che arrossivano le guance sbarbate. Suzanne e Kerry cercavano di separarli.

– Tieni, ti faccio una lampada gratis! – diceva Gian Andrea schiacciando cinque dita sul mento di Spike.

– E dove va a allampadarsi un picio galattico? In culo alla Mole Antonelliana? –

– No, nella profumeria vicino a Mellow, con cinque galli del Maffei –

– I cinque in lizza per il Premio Pulitzer? Mi inchino –

– Inchinati, dunque, e bacia i piedi del tuo Duce e del tuo re –

Incominciarono a picchiarsi forte. Spike, come uno straccio, volava nei quattro angoli della stanza. Suzanne e Kerry cercavano di trattenere Gian Andrea, senza sapere che, facendo così, lo incoraggiavano.

Io aspettavo la fine del pestaggio e cercavo di ripararmi.

Avevo imparato che esistevano combattimenti di grandezza diversa.

Le piccole risse all'uscita della discoteca, il sabato. La causa poteva essere uno spintone, sfuggito sulla pista da ballo, oppure uno sguardo troppo insistente davanti al guardaroba. Quindi, vi erano i regolamenti di conti tra una compagnia e l'altra, tra i Puffi e i Centonove di Corso Galileo Ferraris. Arrivavano i picchiatori rinomati, ma non ancora i NAS. Infine, gli scontri tra gruppi politici davanti al D'Azeglio – tra Fronte della Gioventù e Avanguardia Operaia – facevano accorrere la polizia e le manette.

Io ero affascinato dai picchiatori di fama – lo sguardo intontito, i pugni e i calci veloci – ma non sapevo picchiare. Anche Spike non sapeva picchiare, ma nella sua compagnia non era una qualità. Gian Andrea diceva che non era importante quello che uno sceglieva, ma che bisognava scegliere; diceva che la mia prudenza non era una virtù nobile.

Dopo avere passeggiato attorno alle mura del castello di Edimburgo, un'ultima volta, decidemmo di partire.

Erano le otto di mattina, faceva ancora buio, gli aerei lampeggiavano sulla pista di atterraggio. Annunciarono il nostro volo.

Le ragazze stavano in piedi, la faccia stanca. Sorridevano. Non parlavano, si appoggiavano alle sedie in plastica della sala partenza, un pullover di lanetta sulle spalle.

Suzanne fumava l'ultima sigaretta che le aveva offerto Gian Andrea.

Kerry teneva gli occhi bassi, non mi guardava, sapevo che stava piangendo. Poi mi strinse a sé, con forza, infilandomi un biglietto nel polsino della camicia.

– Adios – disse Gian Andrea.

Ci affrettammo sulla scaletta del 747. I reattori si scaldavano in silenzio, il benzene sembrava macchiare l'albeggiare di viola.

– Secondo voi, se la cavano? – chiese Spike cercando una rivista nella retina del sedile.

– Sì – disse Gian Andrea.

– Ma i genitori le faranno il culo –

– Già, gli Smittoni non erano proprio adorabili, ma la madre era gentile –

– Le faranno un culo a capanna – ripeté Spike.

– Esagerôma nen – disse Gian Andrea in dialetto piemontese – Il problema sarà ritornare a casa, non hanno soldi –

– È vero, minchia! – gridò Spike.

– Non preoccuparti così Spikino, se la caveranno, se la caveranno. Hanno vissuto il mese più trottolo della loro vita. Poi, sono loro che hanno voluto seguirci –

– Cazzo c'entra, noi le abbiamo indotte –

– Vi dirò, iniziavo a stufarmi di Suzanne, tutte le notti la stessa vagina. Mi scroccava sempre le sigarette –

– Sei un vero sentimentale – disse Spike – E tu Enri, ti sei stufato di Kerry? –

– L'hai talmente slinguata che le sono venute le rughe alla bocca – disse Gian Andrea.

Quando arrivammo a Leningrado – a differenza di quanto ci aspettavamo – i doganieri russi ci lasciarono passare senza perquisirci e a me non sequestrarono la macchina fotografica. Spike diceva che solo gli architetti spagnoli e gli idioti viaggiano con la macchina fotografica.

All'uscita dell'aereoporto erano parcheggiate dieci automobili – i parafanghi gonfi e anni Venti – che svolgevano la funzione di un taxi.

Scrivemmo il nostro nome e la destinazione su un quaderno e aspettammo per un'ora abbondante. Il nostro autista guidò con gesti bruschi e a grande velocità. Anche se era giorno pieno, Leningrado sembrava deserta.

Io non ero mai stato in Unione Sovietica e le idee, poche, che avevo della Russia, provenivano dalle barzellette di mia nonna su Jimmy Carter.

Posammo gli zaini nel salone d'ingresso dell'Hotel Astoria. Due uomini parlavano con un'attrice di teatro, avvolta in uno scialle. Dietro lo sportello del bancone dondolava un cartello con sopra scritto, in corsivo, "Informations". Chiedemmo dove potevamo cambiare le lire italiane in dollari e rubli.

La donna possente, dietro il vetro, ci disse che l'ufficio era chiuso. Aveva i capelli acconciati in modo laborioso e indossava un grembiule blu. Le labbra, che sembravano pesanti come i Monti Urali, comunicavano la fatica della digestione.

Dopo averci risposto, la donna ricominciò a fumare, aspettando l'inserviente che doveva darle il cambio.

Una seconda donna, con un gesto svogliato, staccò la nostra chiave da un gancio sul bancone. Ci disse, in inglese, di salire al primo piano.

La nostra camera aveva il numero trentaquattro. Il piccolo appartamento era arredato con due cassapanche del Settecento russo, tre letti a baldacchino e un balcone che si affacciava sulla piazza.

In cima al tetto del municipio, sventolavano la falce e il martello nel drappo rosso.

– Siamo stati fortunati – dissi.

– Cazzo, un balcone da competizione! – gridò Gian Andrea – Ma le donne sono grasse come vacche –

– Trionfi il socialismo bolscevico – disse Spike.

– Fanculo, qui regna l'anarchia delle vacche. Vedrai dove se lo mettono il tuo socialismo bolscevico –

– In questa camera sembra avere dormito Hitler la notte in cui credeva di conquistare Leningrado – dissi.

– Adolfino... – disse Gian Andrea, con tenerezza, guardando il tavolo, come se cercasse le impronte del Führer.

– Vai a lezione dal Rosso Saggio, Gian, va' dal grande Mao –

– E chi cazzo è? –

Eravamo stanchi, parlavamo a stento. Chiudemmo

le imposte e dormimmo fino alle sei di sera. Poi ci immergemmo, tutti e tre insieme, in una grande vasca da bagno, in ferro battuto. Mentre io strofinavo una spugna sulla schiena di Gian Andrea, lui prenotò, per telefono, un tavolo al ristorante Kobak.

Scendemmo in strada a combattere con il freddo, il termometro segnava quindici gradi sotto zero.

Gian Andrea e io indossavamo l'Eschimo, una giacca verde militare, foderata all'interno di catadiottri arancioni. Stringevamo il cappuccio in modo che il pelo proteggesse le orecchie. Ci coprivamo il naso con un fazzoletto e soffiavamo sulle narici per riscaldarle.

In strada, la folla si muoveva in fretta, senza parlare. Alzavano gli occhi verso di noi e, subito, li abbassavano. Solamente i bambini e i ragazzi ci indicavano e ci guardavano con insistenza. Gli occhietti, pieni di meraviglia, sbucavano dalla sciarpa e dal passamontagna aderente al viso.

I nostri Eschimo, la fibbia argentata della cintura sembravano scendere in quegli occhietti come collirio.

Davanti a un portone, le donne erano allineate in coda. Facevano la fila per un avocado – su cui marciavano due mosche – e per un rotolo di carta igienica. Avevano le caviglie gonfie e, malgrado il freddo, sudavano un poco.

– Che puzza di marcio! – protestò Gian Andrea.

– Già – disse Spike.

I negozi di abbigliamento erano un banco di legno

coperto di vestiti, in cui le ragazze infilavano le mani. Si spintonavano cercando un indumento dai colori vivaci.

Quando rientrammo in albergo, incrociammo un isolato di palazzi fastosi. Erano costruiti con cinque tonalità di marmo diverso. Attraversammo Gorkij Park dove una coppia di innamorati stava assopita su una panchina.

Ci cambiammo per il pranzo serale e, dopo, ci sedemmo in balcone, un quarto d'ora. La piazza appariva ancora più vasta, per l'assenza delle macchine.

Scherzavamo tra di noi e i passanti guardavano in su. Gian Andrea fumava una Marlboro e Spike si divertiva a colpire la ringhiera del balcone con un sassolino. Credevamo di essere tre generali dell'esercito sovietico.

– Minchia, se si vestono alla cazzo a Leningrado... e dovrebbe essere la città più aperta della Russia. Tre ore di coda per un rotolo di carta igienica, i russi sono fuori come questo balcone. Se pensi che, in Italia, mandi la donna di servizio a comprarla... –

– Sono le nove, bisogna andare – dissi.

– OK, vamos! –

All'entrata del Kobak, un uomo stava in piedi davanti a un leggio in legno. Aveva i baffi rossi e i capelli impomatati di gel, pettinati con la riga a sinistra.

– Name, please? – ci chiese in un cattivo inglese.

– Galacticus – disse Gian Andrea, anche se aveva prenotato con il nome Giusti.

– Galacticus... – ripeteva l'uomo facendo correre l'indice sul registro marrone che stava aperto sul leggio.

– I'm sorry, there's no Galacticus – concluse.

– Guardate ora... – disse Gian Andrea mostrando la testa di Abraham Lincoln su una banconota americana – Isn't it Galacticus down here? –

– Oh, yes, Galacticus, yes, yes... – l'uomo si infilò il biglietto nel taschino della giacca – ... follow me, please –

– Per fortuna, funziona sempre – disse Gian.

Gian Andrea viveva queste sue verifiche con emozione; diceva che servivano per accertare se c'era ancora spazio per noi.

La sala era grande. Il tappeto caucasico smorzava le vibrazioni dei tacchi delle signore. I lampadari avevano otto bracci, in porcellana di Faenza; su ogni braccio, per gioco, era raffigurata una concubina di Pietro il Grande.

Mentre noi assistevamo a una danza di nani acrobati, i camerieri apparecchiavano i tavoli con i coltelli per la sogliola e i bicchieri baccarà. Le tovaglie erano di lino bianco. Sulla nostra tavola l'uomo – che era stato cavia dell'esperimento di Gian Andrea – posò due vaschette di caviale grigio e rosso e un piatto di storione persiano.

– Mi avete di nuovo portato nel lusso sfrenato, bestie!– disse Spike.

Gian Andrea sollevò il piattino alla sua destra: il burro si arricciava sul ghiaccio come una lingua bianca – Non ti acchiappa? –

Tra una portata e l'altra, una piccola orchestra suonava alcune canzoni dei Beatles. Mentre i cantanti del coro intonavano *Instant Karma*, Gian Andrea mi indicò due donne, strette in un vestito di Givenchy, che entravano in sala. Avevano il collo lungo e la carnagione molto chiara. Davano il braccio a un uomo dal cranio calvo e largo.

– Qui, c'è l'alta burocrazia di Leningrado – osservò Gian Andrea.

– Posto di merda! – disse Spike.

– Pampaloncello, Givenchy la falce e martello se la pappa –

Come digestivo, il cameriere ci portò una bottiglia di Cognac francese. Guardavo la trasparenza affumicata della bottiglia e, senza accorgermene, appoggiavo la fronte sul vetro.

Le venature verdi rendevano più scura la pelle di Gian Andrea e di Spike, deformando le guance. La bocca sembrava addentare il naso, mentre gli occhi si schiacciavano l'uno contro l'altro. Adesso, mi guardava un solo faccione dai denti larghi e bagnati. Il naso era quello di Spike.

Scostai, in modo brusco, la sedia.

– Dai, che pene fai?! – disse Gian Andrea – Hai, di nuovo, paura del lupo? È da un'ora che ti lumi il Cognac. Dai, gaggione, andiamo a abbordare –

Sulla pista da ballo, gli UB40 facevano scattare le natiche dei commensali che erano andati a danzare. Gli accendini in oro e i portasigarette rimanevano incustoditi sui tavoli. Gian Andrea alzava l'indice verso un faro psichedelico e gridava “Merry Christmas”.

Karina e Mafalda Koriavinich, le due donne che indossavano il completo di Givenchy, vennero a ballare con noi una canzone dei Duran Duran – quella settimana in seconda posizione nella classifica inglese.

Karina aveva venticinque anni e Mafalda ventiquattro e ci confidarono che erano sposate da un lustro. Non pensavamo di trovare due ragazze di quell'età, disposte a venire con noi, e lo credevamo ancora meno possibile in Russia.

Verso l'una di mattina, l'uomo dal cranio calvo e largo era andato via, lasciando un mazzo di chiavi per le due donne. Al nostro tavolo, Gian Andrea faceva colare un bicchierino di Cognac francese nella scollatura di Mafalda, mentre Spike sbottonava la gonna di Karina.

– Non hai detto che non ti piacevano i vestiti Givenchy? – chiesi.

– Appunto, glielo toglie – disse Gian Andrea.

Quando decidemmo di ritornare in albergo, una luce verde e bianca brillava sui quartieri Ovest di Leningrado. Il vento era cessato e la neve cadeva diritta, pizzicandoci le guance. Le stanze dei palazzi si illuminavano; dato che molte finestre non erano riparate dalle tende – neppure quelle dei bagni– vedevamo la gente vestirsi per andare a lavorare.

– Come t'è andata Gian? – chiese Spike.

– Me la sono scopata in tutte le posizioni – disse Gian Andrea – E tu? –

– Anch'io –

– Viva la generazione combustibile! – urlarono insieme e si presero per le spalle, felici, correndo via.

Mentre le due figure scomparivano in fondo alla strada, il sole si alzava, con timore, nel cielo pieno di neve.

In una tasca dei pantaloni trovai un pezzo di carta con sopra scritto "I love you, Kerry".

In camera d'albergo, non ci spogliammo neppure. Spike cercò di togliersi una scarpa, ma si addormentò quando stava per gettarla lontano. Dormimmo otto ore e io non sognai nulla.

– Che sbornia, ho ancora la pelle che sa di Cognac! – disse Gian Andrea stirando, con agilità, il suo giovane corpo.

– Anch'io ho bevuto – dissi.

– Con il tempo ti stiamo corrompendo, vero, non estremista? Non è stupendo lasciarsi morire tra le cose?! –

– È stupendo – dissi legandomi con cura le scarpe; i lacci erano consumati.

– Oh, pampal's, perché non facciamo uno scherzo a Spike? Lo svegliamo con una bella doccia scozzese –

Spike dormiva con la testa sotto il cuscino. Lo prendemmo per i piedi e lo appoggiammo nella vasca.

Le gocce iniziarono a danzargli sul naso, poi Gian Andrea girò il rubinetto, con un gesto deciso.

– Ah, bastardi, figli di...! So chi è stato a proporre la carognata, vero fascista di merda?! Sei morto! –

– Che gaggio, ti sei fatto inchiappettare come un bolscevico –

– Va' a dirlo in piazza, se hai il coraggio. Ora, sei spacciato! –

Spike teneva in mano un secchio d'acqua e la schiuma da barba di Gian; Gian Andrea brandiva lo spazzolone del water, come se fosse un fioretto; si sfidarono a duello. Il nero schiumava lo spazzolone del paninaro che gli incalzava ora il fianco destro, ora la bocca. Adesso, Spike si era rovesciato il secchio addosso mentre Gian Andrea, schiumato fino alla nuca, assomigliava a un cane barboncino.

Uscimmo dall'albergo e andammo all'Hermitage. La coda era lunga e noi, secondo consuetudine, la tagliavamo un po' e nessuno diceva niente.

– Che palle! Secondo me, i pittori non valgono una sega. Come si fa a tagliarsi un orecchio per beccarsi una tipa? –

– A me piace la pittura... – disse Spike toccandosi la spaccatura, lucida, che il freddo aveva aperto sul labbro inferiore – Il padre di Enrico mi potrebbe insegnare a capirci qualcosa... –

– Giù le mani dai padri degli altri, orfanello! –

Quando entrammo, pensai di riconoscere alcuni Gauguin, una madonna di Raffaello, due disegni a china di Matisse, ma la firma era di un artista russo oppure polacco. I capolavori non stavano uno accanto all'altro come alla National Gallery. Vi erano molte imitazioni di pittori occidentali.

La nostra guida – una donna entusiasta e dai gesti

barocchi – ci disse che l'Hermitage era stato lavato dal sangue del popolo russo.

Andammo a tirare calci di rigore nel Giardino d'Estate. Due statue di marmo fungevano da pali e Spike stava in porta.

Verso sera, passeggiammo sulla Prospettiva Nevskij. Il gelo sembrava cascare su Leningrado come una cassapanca. La Nevia era buia.

Gian Andrea fumava una sigaretta, le boccate irregolari: tremava. Spike mordicchiava la sua sciarpa, lasciando un po' di saliva gelata sulla lana.

Io giocherellavo con un tappo di sughero per scaldarmi le dita – era un tappo di champagne che avevo preso al locale Taxido's. Ci sentivamo stanchi, ma non rimaneva molta strada da fare. Era meno forte il bisogno di andare al Nord.

– Venti dicembre, tra quattro giorni è Natale – dissi.

– E allora? – chiese Gian Andrea.

– Niente, pensavo... –

– Pensa pure, basta che pensi in silenzio –

– Domani, devo telefonare a casa per fare gli auguri – dissi.

– Anch'io – disse Gian Andrea.

Spike rimase in silenzio.

– È la prima volta che non mangio gli agnolotti fatti da Teresina – dissi ricordando la governante di mio nonno.

– Quanti soldi ci rimangono? – chiese Spike.

– Quasi un cazzo... – disse Gian Andrea – ... le

donne ce le siamo pagate care. Comunque, possiamo ancora fare qualcosa. Andiamo via domani, la Russia è triste. E la Finlandia, le finlandesi e Helsinki? –

– Per me va bene – dissi.

– Perché abbozzi quella faccia da Giovanna d'Arco? Hai paura del Natale lontano da casa? – disse Gian Andrea guardandomi – Piccoli pampaloni crescono –

Dopo avere passeggiato al Campo di Marte, ritornammo in albergo. Eravamo stanchi.

Quella sera ordinammo la cena in camera, mangiando in silenzio. Poi giocammo a poker.

– Allora, domani partiamo? – chiese Spike.

– Vi ingrippa? – disse Gian posando, senza emozione, una scala al fante.

– Sì –

– Sì – disse Spike ripassandosi i contorni della bocca con il pollice – A me piacerebbe vedere il sole di mezzanotte –

– Hai sbagliato stagione, dolcezza! Puoi chiedere al Pelle che ti spari un po' di stronzate... a Kerry è stato capace di raccontare che lui, in Italia, è uno screenwriter di grido. Un cacciaballe da competizione –

– Non è vero –

– Me lo fai vedere il sole di mezzanotte in inverno? – chiese Spike sorridendo.

– OK – dissi.

– Con quale aereo voliamo sulla terra delle bionde? – domandò Gian Andrea – Vi dirò, a me piacciono le bionde, ma la vagina deve essere nera. Fondiamo una fabbrica di tintura? Gianpellespike Vagine Tinte S.p.A.? –

– Va be' –

– Ci svegliamo presto, dieci al massimo, colazioncina galla galla; volo per Helsinki alle dodici, si plana verso le quattro e poi... zan, zan, zan... zan le belle ran –

– El pueblo unido jamas séra vencido – disse Spike.

– No, piuttosto, la derecha y la izquierda unidas jamás serán vencidas – rise Gian Andrea spegnendo l'abat-jour sul tavolo vicino al letto – Buona notte, ragazzi –

Muovemmo i piedi tra le lenzuola, cercando un angolo di cotone fresco – il termosifone, ai piedi del letto, scaldava il materasso – e ci addormentammo.

Verso le tre di pomeriggio, atterrammo a Helsinki e sbrigammo le formalità doganali. Dopo avere raccolto i nostri zaini sul tapis roulant nero, cercammo un mezzo di trasporto.

– Becchiamo una macchina – propose Gian Andrea.

– Come? – chiesi.

– Faccio un po' l'italiano picio. Tiro fuori la carta d'identità falsa e un po' di grano –

– Guarda che, qui, non è la Russia – disse Spike sfottendo Gian – Scommettiamo un chilo di preservativi che ti manda a fare un giro? –

– OK accetto, anche se non esistono i preservativi in confezione da un chilo, gaggione natalizio –

– Secondo te, vinco? – mi chiese Spike.

Un'ora più tardi, Gian Andrea ritornò scuotendo a mezz'aria le chiavi di una Opel bianca.

– A Torino, voglio un chilo di goldoni Settebello, mi ci trovo in assoluto meglio – disse ridendo.

Salimmo in macchina. Gian Andrea guidava, mentre io e Spike ci alternavamo sul sedile anteriore, come due fratelli che soffrono il male d'automobile.

Era il ventuno dicembre; i termometri di Helsinki, la città più a Sud, indicavano sedici gradi sotto zero. I fari della Opel illuminavano i cristalli di ghiaccio sull'asfalto.

Remo si strofinò gli occhi, schiacciando bene la bombetta in testa, e oltrepassò il ponte levatoio: gli sembrava di avere il cuore pieno di tè bollente; la signora vestita in modo semplice lo aspettava sull'uscio.

Salirono la scala in legno e entrarono in una stanza dove tre lampadari di cristallo, a forma di ghigliottina e di fisarmonica, illuminavano un pianoforte a coda.

La donna invitò Remo a sedersi al pianoforte vicino a lei, tolse il panno verde che riparava la tastiera dalla polvere e scelse uno spartito.

– Sai suonare Chopin? – chiese la signora vestita in modo semplice.

– Anche Giovanni Sebastiano Bach – disse Remo.

Incominciarono a suonare.

Remo, cullato dai re bemolle e dai sol diesis, fissava un bicchiere di vino bianco, in piedi sulla coda nera del pianoforte: le bollicine salivano in superficie e Remo lasciava andare la mano piccola catturando, con abilità, una nota in fondo alla tastiera.

Un uomo vestito in un frac rosso e grigio, con una coda di pavone al posto della cravatta, annunciò che il pranzo era servito; attraversarono un corridoio in cui erano ritratti, in fila, gli avi dell'arcivescovo: alcuni avevano una barba bionda e ben pettinata, altri si arricciavano i baffi – a Remo quei baffi ricordavano quelli di un ratto.

In sala da pranzo, il tavolo era apparecchiato per tre persone; l'uomo con la cravatta di pavone portò un piatto di spaghetti alla panna su cui spuntavano chicchi di pepe nero – il piatto preferito di Remo; poi, con un cenno dell'indice, la signora vestita in modo semplice fece servire il roast-beef; un rigagnolo di sangue si specchiava nell'argento del vassoio e la donna gli disse che, in suo onore, avevano ucciso un cinghiale bianco.

Come dolce, una ragazza bionda – la sorella dell'uomo con la cravatta di pavone – portò una coppa di gelato al ribes rosso e alle more; teneva la coppa ghiacciata contro i suoi seni, che uscivano dal busto troppo stretto; Remo non capiva perché la ragazza bionda non aveva freddo ai seni.

Remo si sforzava di essere educato, teneva i gomiti stretti ai fianchi e la schiena diritta, cercando di ricordare le seicento e sei regole del galateo che la sua bambinaia gli aveva insegnato.

Aveva due sole preoccupazioni: le maniche della

giacca erano troppo lunghe e gli scivolavano nel piatto, la seconda preoccupazione era il fatto che la signora nascondeva le mani sotto il tavolo; eppure – se ricordava bene – le mani dovevano stare sempre sul tavolo e era cattiva educazione tenerle sotto.

– Vuoi il caffè? –

– No, grazie –

La signora chiese un caffè per se stessa e per la figlia, poco dopo una ragazzina di quattordici anni – due più di Remo – entrò nella sala: aveva i capelli castani, con un riflesso rosso cupo e gli occhi neri a forma di mandorla; si chiamava Karen; anche se era molto gentile con lui, Remo non la guardava perché pensava ancora a Cinzia, che non dimenticava e non avrebbe abbandonato.

Mentre la signora vestita in modo semplice e Karen mangiavano il gelato, i tre incominciarono a parlare di quello che era capitato nel grande magazzino, la mattina.

– Perché ci hai salvato tutti? – chiese la donna.

– Così – disse Remo, incrociando le braccia sul petto come un antico eroe acheo.

– Cosa ci facevi in quel magazzino? – domandò la signora vestita in modo semplice – Ti eri perduto? –

– Mi piacciono i reggiseni e le mutande bianche – disse Remo.

La donna tossì due volte e si ritirò per aiutare l'uomo con la cravatta di pavone a preparare il caffè; la figlia della donna e Remo rimasero soli.

– Ti piacerebbe essere il mio fidanzato? – chiese Karen a Remo.

– Molto, ma sono già fidanzato con un'altra ragazzina –

– Oh, mi dispiace. Come si chiama? –

– Cinzia –

– Peccato, mi sei molto simpatico –

– Anche tu, scusa –

La signora vestita in modo semplice e Karen fecero visitare il castello a Remo; dopo avere attraversato molte sale, entrarono in un'abbazia che alcuni uomini, molto vecchi, stavano restaurando: i palchi neri del restauro oscuravano l'organo in legno e oro.

– Ti piace? – chiese la donna a Remo.

– È un po' triste... –

Uscirono da una porta laterale e si arrampicarono su una scala a chiocciola in pietra e salirono, salirono fino a quando raggiunsero un cancello molto lungo, dagli spunzoni in alluminio; adesso, erano in cima al castello, i tetti della grande città andavano su e giù come un maremosso in ardesia, in fondo le due guardie stavano in piedi, immobili.

– Vuoi dormire da noi? – chiese la signora vestita in modo semplice a Remo.

– No, non importa –

– Non troveresti un letto a quest'ora. Sarebbe bello se rimanessi qui –

– Accetto – disse Remo.

– Bravissimo. Dormirai in camera con mia figlia, c'è un letto a castello –

– Preferirei dormire qui – disse Remo.

– Qui? Sul tetto? – domandò la donna, con stupore.

La ragazza bionda, l'uomo con la cravatta di pavone e due altri domestici si arrampicarono sulla scala a chiocciola e arrivarono sorreggendo un letto a cinque piazze in ottone, poi diedero a Remo un cuscino in piuma d'oca, due lenzuola fresche e una coperta di lana turchese; la ragazza bionda guardò Remo un po' arrabbiata e un po' divertita e gli comunicò l'orario della colazione.

Remo si lavò i denti servendosi di un rubinetto che aveva trovato sul tetto del castello, disse due Padre Nostro e chiese di non fare la pipì a letto: non poteva fare brutta figura con la signora vestita in modo semplice.

Mentre finiva di spazzolarsi le gengive, vide tra i camini del castello svolazzare una coda nera e di latta poi sentì uno scampanellio: il muso rosso di Dea era illuminato dalla luna, rideva.

– Bonjour, je suis la chienne folle – disse.

– Buona sera, cagna pazza –

– Toi aussi enrichi? –

– E tu? –

– Moi pute, artiste et misérable –

– E perché? – chiese Remo.

– Les deux savants à la grande barbe ont appelé avec la fumée ta Tulipe Mauve –

– Cinzia? –

– Elle –

– E poi? – chiese Remo tremando.

– Tu as rencontré le marin chasseur –

– Era Samy Sinclair, vero? – domandò Remo rabbioso.

– Le pré ne chante plus pour toi, mon pauvre Aigu –
Remo incominciò a piangere.
– Suis ma queu et ne pleure plus –
– Vai via, per favore –
Dea scomparve e Remo rimase a guardare il buio con gli occhi umidi.
– I perché! Solo, sempre i brutti perché! – mormorò e si addormentò tristissimo.
– Oh, eh, je viens, içi, t'ouvrir les feux –
– Ma stavo dormendo – disse Remo, svegliato dal solletico della coda nera e di latta di Dea.
Svolazzava davanti alle sue palpebre come se volesse curare il bruciore del pianto.
– Mais comment? Tu dors en printemps? Tiens, je t'apporte une pétale de ta Tulipe Mauve –
Lasciò cadere sulla testa di Remo uno scrigno di gocce di sciroppo per la tosse; Remo l'aprì e vide specchiato nelle gocce di sciroppo il Loden verde di Cinzia.
– Grazie, grazie! – urlò Remo.
– Ne crois pas aux glaces des foux –
– Mi puoi chiamare il pinguino stellato vestito di seta? Per favore, l'ultimo favore –
– La chienne folle le fera. Ma maladie me colore déjà les yeux en rouge. Je vais à Dieu et sois dans l'art –
– Grazie, grazie! – urlò di nuovo Remo.
Dal cielo una piuma cadde nella sua mano.

Gian Andrea spinse verso l'alto la leva dei decibel della radio; si proteggeva dal sole con un paio di

Ray-Ban neri. Tenevamo i finestrini aperti e il vento ci schiacciava le basette. La lancetta rossa del contachilometri toccava il numero centotrenta.

Dopo avere attraversato Helsinki, raggiungemmo Hämeenlinna e poi Tampere. Le foreste di betulle avevano un colore verde scialbo e contrastavano con il blu intenso dei laghi. La nebbia incappucciava la cima delle betulle.

Verso le nove di sera, percorrendo in discesa una strada provinciale, incrociammo un agricoltore finlandese. Era affaticato e sospirava; una goccia di sudore stava appesa sulla punta del naso.

Ci ringraziò per il fatto che gli avevamo chiesto un'informazione; i viaggiatori in cerca di un albergo erano l'unica opportunità di esercitare l'inglese che aveva imparato a scuola.

Seguimmo le sue indicazioni e raggiungemmo la Gasthaus. Quando Gian Andrea fece sgommare le ruote posteriori dell'automobile sulla ghiaia, i padroni uscirono in modo precipitoso.

Indossavano un costume sgargiante; sembravano alcune bambole russe, in fila, appena ridipinte. Il naso e le mani del figlio di tre anni erano la miniatura di quelle del padre.

Il padrone si affrettò verso di noi. La mole non gli permetteva di avanzare diritto; sbandava a destra. Ogni tanto le gambe, magre, non sembravano capaci di sorreggerlo.

Ci mostrò la nostra camera. Le travi del tetto della dacia erano a vista; l'estremità dei tronchi metteva in evidenza il taglio impreciso della sega elettrica. Sul letto di Gian Andrea erano appese le corna di un alce.

La moglie del padrone ci fece sedere su una panca, allineata vicino al camino. Poi portò un tazzone di latte caldo, alcune fette di pane nero e un formaggio amaro.

La famiglia guardava un programma televisivo sull'elezione di Miss Mondo. Era curioso vederli battere le mani – la pelle delle braccia un po' smagliata – davanti all'andatura atletica di Miss Ungheria.

Io e Spike uscimmo. Erano le dieci di sera e sulla collina brillava una coda di luce solare. Un sentiero scendeva verso il lago, duecento metri più in basso.

L'erba era alta e fradicia, ci bagnava il risvolto dei pantaloni. Gli squilli della televisione scomparivano. Sentimmo il volo di un uccello nella foresta.

– Ueilà, aspettate! – urlò Gian Andrea correndo verso di noi. Aveva voluto assistire alla conclusione della trasmissione.

– Chi ha vinto? – chiese Spike.

– Una brasiliana fighissima, bruna e ricciuta, due giberne meravigliose. A parte Miss Svezia, le altre erano un po' dei ciffoni. Miss Belgio, poi, era brutta come il culo –

Raggiungemmo il lago. Gian Andrea e Spike si erano divertiti a correre nell'erba alta e avevano deviato sulla destra. Trovarono due canoe; erano nascoste dietro la prima fila di pini della foresta che cingeva il lago.

Con poco sforzo, trascinammo una canoa sulla sabbia che separava l'erba dall'acqua. Io salii a poppa, Spike si sedette nel mezzo e Gian, dopo avere spinto la barca in acqua, saltò sopra, sedendosi a prua.

Io e Gian Andrea remavamo. Ogni tanto, Spike correggeva la rotta con una pagaia di plastica.

Il lago era immobile e, al nostro passaggio, l'acqua si increspava di piccoli cerchi che, dopo poco, scomparivano. Una famiglia di anatre fiancheggiò la nostra imbarcazione; stavano litigando.

Approdammo in un'isola di zolle, in mezzo al lago. Su un groviglio di rovi acquatici, galleggiava una ninfea, bianca e diritta.

La nebbia si alzò e noi decidemmo di rientrare. Erano le undici di sera e il sole era calato da poco. Il lago diventava buio.

I padroni ci offrirono un liquore finlandese – si otteneva spremendo il gambo di una pianta che produceva bacche gialle. Aveva un gusto molto dolce.

Salimmo in camera. I due lucernari, piccoli e ovali, guardavano la foresta e la punta Ovest del lago.

Mi slacciai i Levi's e mi infilai sotto il guanaco. Gian Andrea fumava davanti allo specchio e ripassava il suo tatuaggio con un ago e un filo. Il gabbiano, sul polso sinistro, era uno dei due stemmi del suo gruppo; il secondo era la palma.

Spike preparava uno spinello. Posava sul tavolo la cartina, scelta con cura tra le altre, e il tabacco. Sbriciolava il "papallo" con un movimento lento dei polpastrelli, i quali sembravano cercare la combinazione di una cassaforte. Poi disponeva il tabacco sulla cartina; con il bordo della mano, raccoglieva la pasta che aveva ottenuto e la mescolava con il tabacco. Infine, costruiva il filtro con un cartoncino, arrotolava la cartina e la sigillava con la lingua.

Non era un'operazione facile. Se il "papallo" veniva sbriciolato male, in pezzi troppo grossi, il gusto si concentrava solamente in un punto della fumata.

– Bella vero? – disse Spike sollevando una sigaretta fina e compatta – Anche questa è un'arte –

Terminò il lavoro e spense la luce. La punta incandescente bruciava nella penombra; il sole dell'alba illuminava già il bordo del letto. Un odore di castagne arrosto e di miele si spandeva nella stanza.

Una macchia gialla discese verso Remo: era l'aereo del pinguino stellato vestito di seta; l'ometto giallo, a cavalcioni di un elefante africano, si posò sul tetto del castello, poi la proboscide dell'elefante raccolse Remo dal suo letto, lo accarezzò e lo infilò nell'aereo.

Nel sedile vicino a quello di Remo sedeva una ragazza, il viso coperto da un velo nero e le mani gracili: alla destra mancava un dito e, al suo posto, stava una clessidra su cui era attorcigliato un fiore – il fiore era grande e in seta e il gambo ricamato di pizzo verde.

– Perché piangi? – domandò Remo.

– Sono la sorella di Cinzia –

Remo trasalì; con la mano cercò di nascondere il

sorriso sulla sua bocca – Vai a trovarla? Posso venire con te? –

– Cinzia non c'è più – disse la ragazza scoppiando a piangere.

– È stata rapita? – disse Remo sentendo le lacrime della ragazza cadere sulla sua mano – Non ti preoccupare –

Chiamò il pinguino stellato vestito di seta e ordinò all'uomo giallo di cambiare rotta.

Adesso, l'aeroplano sorvolava due isole a forma di pera e di trattore, gli alberi scomparivano e la terra diventava piatta, ricoperta dai licheni.

– Non possiamo volare sul Nord – diceva il pinguino stellato vestito di seta in modo agitato – Non possiamo –

– Perché non possiamo? – domandò Remo.

– Samy Sinclair non vuole. Mangerà le ali del nostro aeroplano –

La ragazza continuava a piangere e Remo non voleva ritornare indietro, aveva occupato la sedia di pilotaggio dell'ometto giallo e timonava lui: nonostante fosse la prima volta, non aveva paura e si fidava dei suoi riflessi; il pinguino stellato vestito di seta, invece, era spettinato e ansimava e a volte, per rincuorarsi, infilava una pinna in un barattolo di confettura alle prugne.

Adesso Remo guidava con difficoltà; alcune angurie gelate si abbattevano contro l'aeroplano e lui, con un colpo di timone, cercava di evitarle.

– Non avere paura – disse Remo baciando la guancia del pinguino stellato vestito di seta.

Ora, una cascata di noci bianche colpiva la cabina di pilotaggio.

– Devi fargli la respirazione artificiale – disse Remo alla sorella di Cinzia; il pinguino stellato stava disteso in corridoio, inanimato.

– La respirazione artificiale mi fa senso – rispose la ragazza.

Remo si voltò verso di lei arrabbiato – È un pinguino bellissimo –

Poi le chiese di pilotare l'aeroplano, si chinò sul pinguino e gli soffiò dentro; all'inizio, il torace dell'animale non si muoveva, quindi le stelle di seta sulle sue ali incominciarono a brillare e il pinguino stellato tossì; respirava, di nuovo.

– Che notte di merda! – disse Gian Andrea – Mi sono congelato una coscia –

– Non ho mai dormito meglio – disse Spike strusciando il dorso dei piedi nel guanaco.

– Uè gaggio! – urlò Gian Andrea.

Spike si rizzò, il viso ossuto, gli occhi grigi.

– Hai i capelli a puttane, dolcezza, vatti a ricomporre il look! – urlò Gian.

– Stronzone, impara a pensare ai capelli del Duce –

– E tu impara a pagare –

– Sentiamo il caso? –

– Il chilo di goldoni, non ricordi?! Chi puote, puote e chi non puote se lo scuote –

Nevicava, i fiocchi larghi si posavano sulla ringhiera del davanzale. Era neve densa; in un quarto d'ora, si erano accumulati venti centimetri sui bracci più bassi di un abete.

I due lucernari erano appannati; a volte, un fiocco scivolava sul vetro, disegnando una linea storta nel vapore. Era piacevole guardare le cime degli abeti strapazzati dal vento, rimanendo, caldi, sotto il guanaco.

Gian Andrea si infilò due paia di Burlington uno sopra l'altro, una calzamaglia che usava nelle partite di calcio in inverno e un paio di jeans Closed. Poi scelse un golf di doppio Cashmere prodotto a Madras. Anche Spike aveva provveduto a vestirsi in modo più pesante.

Scendemmo al piano inferiore e ci sedemmo sulla panca vicino al camino. La padrona di casa portò una robusta prima colazione, a base di lardo e marmellata d'arance.

Spike bevve d'un fiato la ciotola di latte caldo; le pareti del suo naso erano sudate. Chiacchierammo con i padroni di casa. Erano timidi e parlavano piano; sembravano nascondere la voce in fondo alla loro ciccia.

Ci dissero che non avremmo potuto raggiungere Capo Nord dato che l'accesso all'isola era precluso da settembre a maggio. In ogni caso ci consigliarono di andare in macchina fino a Rovaniemi e, quindi, affittare una slitta a motore o trainata dai cani. Era pericoloso – aggiunsero – proseguire da Rovaniemi senza una guida.

Spalammo via lo strato pesante di neve che schiacciava il tetto e i padroni accorsero a aiutarci.

La porta socchiusa della dacia lasciava intravedere il camino e le renne scuoiate; dallo spiffero usciva uno sbuffo creato dall'aria calda dell'interno. Spike diceva che aveva le orecchie dure e che il sangue non gli affluiva più ai lobi.

– La chiave non gira. La serratura è gelata – disse Gian Andrea soffiando sulla maniglia della portiera.

Riuscimmo a partire. Alzammo il volume della radio e il riscaldamento.

– Questo cazzo di giorno è sempre più breve. Non c'è tempo per niente. Tre ore e mezzo e addio luce. Adesso, dobbiamo spararci sei ore di macchina a buio pesto – brontolava Gian Andrea, facendo tremare la sigaretta che teneva stretta tra le labbra – Panico da Capo Nord! –

Davanti a noi, la strada scompariva nei ghiacci. Il buio dell'asfalto mi ricordava Kerry.

Viaggiammo a lungo. Verso le cinque del pomeriggio, smise di nevicare; la temperatura era scesa.

Entrammo nella Lapponia finlandese e, per il pranzo serale, arrivammo a Rovaniemi.

Eravamo stanchi; la palpebra sinistra di Spike aveva un tremito continuo, forse si trattava di una nevralgia.

L'indomani ci alzammo presto e cercammo una Tourist Information.

Una donna, molto alta, ci confermò che non era possibile raggiungere Capo Nord da settembre a maggio. Indossava un vestito a fiori.

– Rinunciamo? – chiesi.

– Non lo so – disse Spike tirando un calcio contro una pompa rompighiaccio.

– Che pampaloni da presepe! – rise Gian Andrea.

Ci recammo nello spiazzo che ci aveva indicato il nostro affittacamere. Gian Andrea contrattò con un uomo sciancato, un ex ammiraglio della marina militare finlandese.

– Trecento dollari – disse Gian Andrea – È meglio la motoslitta oppure i cani? –

– I cani sono più affidabili – disse l'uomo.

Verso le undici, arrivò una slitta trainata da sei Husky siberiani.

– Colore granita al mirtillo – disse l'ammiraglio indicando le iridi degli animali – Sono buoni cani –

Partimmo in direzione di Capo Nord. Vicino a noi, erano rannicchiate due ragazze lapponi. Le zampe dei cani erano così veloci che non sembravano appoggiarsi sul ghiaccio. All'orizzonte, una luce verde annunciava l'alba; un'ora dopo ci sarebbe stato il tramonto.

La pioggia di noci bianche era cessata e le angurie gelate non cascavano più, Remo timonava con calma e, a volte, guardava il ghiaccio che si addensava sulla terra sotto di lui; dato che la rotta era serena, Remo bloccò il timone con un piede e si addormentò.

– Siamo arrivati – disse la sorella di Cinzia svegliando Remo bruscamente, verso mezzanotte.

Il dito a forma di clessidra indicava le impronte sul ghiaccio; alcune impronte erano rosa, altre giallo canarino; con il passare dei minuti cambiavano colore e la loro consistenza era bizzarra, sembravano la bava di una lumaca oppure un piatto di carne all'albese.

Remo pensava alla grande battaglia e incominciò a lucidare gli arnesi, faceva la lama al suo coltellino svizzero, puliva i buchi del suo annaffiatoio appuntito, spargeva grasso sull'elmo e gonfiava il pennacchio.

Remo aveva dato una ziguli al limone al pinguino stellato vestito di seta, per fare in modo che non si agitasse troppo; aveva, anche, preparato un tè per la sorella di Cinzia; aveva recitato la sua preghiera preferita: Oh, Gesù d'amore acceso *e aveva chiesto al pinguino stellato di riportare il suo corpo al vecchio nonno, qualora fosse caduto sul campo.*

– Hai un po' paura? – gli domandò la sorella di Cinzia saldandogli le ginocchiere e stringendo forte i lacci dell'armatura.

Remo pensava al Loden verde e non aveva paura.

– Qua, è fighissimo! – disse Spike, sporgendo la testa fuori dal finestrino.

– La guida dice che è una delle sette meraviglie – osservò Gian Andrea.

Sette chilometri di strada costeggiavano un fiordo. Attraversavamo una foresta di betulle, poi una distesa di sabbia. Alcuni capanni erano abbandonati in mezzo alle zolle di torba. A volte, un branco di renne attraversava la strada; non sembravano impaurite.

– Perché non ci facciamo un bagnetto? – propose Gian Andrea.

– Ma sei rincoglionito? Siamo nel circolo polare artico! Fa caldo, ma comunque... –

– Ma comunque? – chiesi.

– Enrico, sei un gallo! Al primo lago si fa una mega nuotata – urlò Gian Andrea serrando i denti in modo eccitato.

Accostammo e ci spogliammo in fretta. Io e Spike sparpagliammo i vestiti nell'erba, mentre Gian Andrea, con metodo, infilava le dita tra le pieghe dei suoi Closed. Poi mi chiamò da una parte.

– Lo buttiamo dentro come a Lenin's Town?! –

– E se ci rimane? –

– Se ci rimane male? –

– Se rimane morto –

– Magari, Pampal's! – disse Gian Andrea ridendo.

Spike era seduto sul bordo del lago e tirava il calzino sinistro che non voleva sfilarsi. Spostai la sua seconda calza un metro più lontano. Quando si alzò per riprenderla, Gian Andrea lo sollevò di peso e lo spinse dentro. Spike si aggrappò al suo braccio e lo trascinò con sé. Tutti e due caddero in acqua.

– Gian, sei finito dentro con la Controvento?! – dissi ridendo.

Gian Andrea cercava di risalire mentre Spike, con le mani giunte, gli faceva scaletta. Capii che dovevo incominciare a correre.

Mi inseguirono sulla riva del lago. I polpacci di Gian erano tarchiati e lenti; Spike aveva una falcata lunga, i muscoli delle cosce affusolati. Quando capii che mi avrebbe raggiunto, mi buttai.

Sentii una scossa nel ventre. Vidi il fondale, era basso e coperto di fango; il muschio si muoveva. Risalii in superficie.

– Puttanaccia, se è fredda! – La voce di Gian Andrea era smorzata dallo strato d'acqua che mi separava dall'aria. Spinsi la testa fuori.

– È stupendo, guardate gli abeti! – urlai.

– È stupendo! – urlò Spike.

– È stupendo! – urlò Gian Andrea – E con le zinne di Suzanne sarebbe da competizione... –

Facevamo gare di nuoto e ci spruzzavamo.

– L'acqua gelata mi rattrappisce il pisello... – diceva Spike balbettando.

– Sentite, il taciturno – disse Gian Andrea, i capelli bagnati e piatti sulla fronte.

– Io ho freddo –

Spike si issò sull'erba. Lo guardai uscire e mi accorsi che le ossa gli spuntavano dai fianchi. Poi si infilò una Gauloise tra le labbra viola. Era bagnato, la sua pelle di vetro luccicava. Ci asciugammo in un quadrato di prato, riscaldato dal sole.

Arrivammo a Rovaniemi. La guida Michelin diceva che la città era stata pianificata da Alvar Aalto. Ricordavo le parole di mio padre a proposito di questo architetto di Kuortane: "Funzionalità, natura, funzionalità". A me non piaceva.

Mangiammo nel ristorante di un albergo e, quindi, andammo a ballare in una discoteca del centro dove la coda di cavallo delle ragazze finlandesi era così bionda da apparire bianca.

– Mi sono innamorato venti volte – diceva Gian Andrea ogni dieci minuti, dopo aver attraversato la pista da ballo.

L'indomani entrammo in Norvegia. Le strade non erano più asfaltate, le ruote della Opel sollevavano molta polvere.

Verso le dieci di sera, arrivammo davanti all'isola di Capo Nord e salimmo su un traghetto. Le foche e le renne bianche sembravano correre insieme sulla sponda.

Raggiungemmo l'isola e mangiammo nella cittadina del porto, ordinando due bistecche di renna e una porzione di salmone affumicato.

Adesso bisognava proseguire verso il Capo. La nebbia era rossa; alcuni bambini giocavano con un'anitra di plastica, davanti a una casa. Due fiordi si allungavano in direzione Nord. Gli alberi erano scomparsi, rimanevano solamente gli arbusti tenaci e i licheni. Il Capo era vicino.

In mezzo alla pianura di ghiaccio, luccicava una pista da pattinaggio; due altoparlanti diffondevano una canzone nella vallata, era una musica di tamburi e di trombe.

Sulla pista da pattinaggio schettinavano Samy Sin-

clair e i due pompieri: indossavano una tuta di spugna rosa, ricoperta di piume di struzzo, e un casco di velluto, mentre sul sedere avevano due toppe blu, a forma di trota, che a Remo sembravano di cattivo gusto.

I due pompieri e Samy Sinclair roteavano in aria, facevano un salto mortale e una spaccata, salivano uno sulle spalle dell'altro e, con le braccia, disegnavano una cerbottana umana: sembravano pattinatori esperti.

Al centro della pista di pattinaggio c'era Cinzia.

– Cinzia non è né triste né arrabbiata – disse Remo un po' sorpreso.

A differenza di quanto si aspettava, lei non era legata a un albero oppure a una ruota d'acciaio e non piangeva, né gridava "Aiuto", né si dibatteva; Cinzia stava seduta su una seggiola di vimini, in modo composto, e grattava il muso di un ippopotamo che gli avevano regalato i banditi; l'ippopotamo era vestito di verde e il cappotto che indossava era fatto dello stesso Loden di cui era forgiato quello di Cinzia.

Dato che era l'ora della cena, l'ippopotamo vestito di verde stava mangiando; allo stesso tempo doveva rispondere al telefono e appuntare le telefonate per Cinzia, che arrivavano a migliaia.

– È vero, non sembra triste – disse la sorella asciugandosi le lacrime.

Cinzia applaudiva ai salti mortali dei due pompieri e rideva davanti alle piroette di Samy Sinclair; ricamava una sciarpa blu per chi avrebbe fatto la capriola più bella, e, a volte, si toglieva le moffole e si alzava in piedi per incoraggiare i pattinatori.

– Che cosa devo fare? – chiese Remo; improvvisamente, gli era mancato il respiro e il braccio, che brandiva l'annaffiatoio appuntito, era diventato molle; premeva così forte gli incisivi sul labbro che, nella sua bocca, il sangue si mescolava alla saliva; guardava il pennacchio gonfio, l'elmo e si sentiva stupido e goffo – Devo salvarla? –

Allora, il pinguino stellato telefonò all'ippopotamo vestito di verde; all'inizio la linea era sempre occupata, poi si liberò.

– Capisco... – diceva il pinguino stellato tossendo nel ricevitore – Capisco... –

L'ippopotamo vestito di verde parlava in modo circospetto, cercando di non farsi ascoltare da Cinzia; in ogni caso, lei non badava a lui e chiedeva agli schettinatori di fare altre piroette e, con la punta delle dita, mandava loro un bacino.

– Remo, ho una brutta notizia per te – disse il pinguino stellato vestito di seta.

I cani erano resistenti, ci trascinavano senza fare rumore. Il 24 dicembre raggiungemmo l'isola di Capo Nord. Un chilometro prima della punta estrema si stanziava una proprietà di ricchi lapponi.

Gian Andrea, io, Spike e le due lapponi entrammo nella casa colonica; il guidatore sfamò i cani e legò la slitta. Non faceva freddo e, verso le otto di sera, incominciò a nevicare.

Ci servirono una minestra di farro e un vino rosso,

simile a quello greco. Mangiammo un dolce a base di panna e castagne e Gian Andrea offrì al capo famiglia una Chesterfield senza filtro, in cambio di un sigaro Monte Cristo.

Poi ci chiesero di cantare per loro una canzone, popolare, della regione d'Italia da cui provenivamo. Di fronte alle nostre resistenze, minacciarono di mandarci a spalare la neve in cortile. Così intonammo *Piemontesina bella...*

Quella sera Gian Andrea e Spike non litigarono, anzi sembravano davvero amici.

Verso le undici, ci dividemmo in due gruppi e raggiungemmo la punta estrema, a bordo di due slitte; sulla loro slitta, i padroni di casa avevano caricato un pino di piccole dimensioni. Il liquore di ribes, che bruciava nello stomaco, rendeva piacevole il pizzicore degli aghi di neve sulle guance.

Quando arrivammo, sguinzagliammo i cani e posammo l'albero a qualche metro dal precipizio. Verso le undici e tre quarti, i lapponi accesero il fuoco, si presero per mano e incominciarono a girare intorno all'albero, intonando un canto natalizio; anche noi incominciammo a girare.

Io davo la mano a Spike e a Gian Andrea. La neve nascondeva il cuoio delle nostre scarpe e le ciglia di Gian trattenevano un fiocco bianco. Sul mio orologio mancavano due minuti.

A mezzanotte, Gian Andrea si sporse verso di me e mormorò – Buon Natale, Enrico –

Io mi girai verso Spike – Buon Natale –

Spike sorrise.

Dato che si sentiva soffocare, Remo scoppiò a piangere e spinse la sorella di Cinzia fuori dall'aeroplano, facendola cadere sulla pista di pattinaggio in modo che urtasse il ghiaccio con il sedere.

– Scusa, non sapevo – diceva la sorella di Cinzia.

– Non ti scuso –

L'aeroplano ripartì verso Sud, l'ometto giallo aveva ripreso il suo posto di pilota, mentre il pinguino stellato vestito di seta cercava di consolare Remo.

Remo piangeva nelle crostate di mele e negli spaghetti alla panna che il pinguino stellato cucinava per rincuorarlo; Remo piangeva negli asciugamani di spugna e nel gabinetto dell'aeroplano; piangeva nei cassetti di un mobile e nel portapenne che aveva dimenticato la sorella di Cinzia; piangeva nei portacenere, sui cuscini, nei piatti fondi e nei cucchiaini da frutta, sulle tende e nelle zuppiere per il pesce; apriva l'oblò dell'aereo e continuava a piangere; piangeva sulle campagne, nei parcheggi, nelle risaie, sui campanili delle chiese e negli stadi di calcio.

– Perché Cinzia si è innamorata dei due pompieri? Cos'hanno più di me? Sono solamente cattivi –

– E sono più grandi – disse il pinguino stellato vestito di seta, prendendo la sua pipa di zucchero – Alle bambine piacciono i ragazzi più grandi –

Remo tirò un pugno contro il vetro dell'oblò – Diventerò grande e cattivo –

Eravamo seduti su una panchina, davanti alla rete di protezione. A destra si alzava un globo di ferro, verniciato in pittura nera. A sinistra, in fondo, un negozio vendeva hot-dog e ricordi di Capo Nord. Oltre la rete di protezione, si allungava l'Oceano Artico. Le carte geografiche sfuggivano di mano ai turisti e si allontanavano nell'aria.

Il sole scendeva, in fretta, toccava la linea dell'orizzonte e poi risaliva. Era incominciato un giorno nuovo.

– Finalmente l'hai visto il tuo cazzo di sole di mezzanotte, pampalone. Hai notato come flippa via? Cinque giorni di macchina per un attimo è da veri gaggi! – disse Gian Andrea.

– Veramente, è Spike che voleva vederlo – dissi.

– È vero, ero io che volevo vederlo –

– Una zizza? – disse Gian tirando fuori un pacchetto di Marlboro dallo Scott.

– No, grazie –

– Spike? –

– Grazie, fascistazzo –

– Prego, comu –

Ritornammo al parcheggio dove avevamo lasciato la nostra Opel bianca. Ci avviammo sulla strada del promontorio, voltando le spalle a Capo Nord.

– Siamo arrivati – disse il pinguino stellato vestito di seta.

Aprì lo sportello e diede una vela bianca a Remo, il

quale si aggrappò alla vela e si buttò giù; la caduta durò poco; Remo era disteso sulla sabbia, davanti a un castello.

La strada che conduceva al castello veniva coperta d'acqua, le conchiglie ritornavano nei fondali, e Remo, con i pantaloni arrotolati fino al ginocchio, correva nella marea che saliva.

– È pronto, Professore, Remo... – disse Teresina, l'anziana governante.

La pasta aveva finito di cuocere e veniva portata in tavola; Remo richiuse la finestra e si sedette vicino al nonno, mentre il burro si scioglieva e si rimpiccioliva nel piatto da portata di porcellana.

Dopo avere mangiato, il nonno suonò il pianoforte e Remo lo osservò attentamente.

La governante Teresina sparecchiava la tavola, poi ritornava in camera da pranzo e posava sulla tovaglia un mazzo di carte rosso, una penna comprata a Venezia e un foglio di carta.

Atterrammo a Torino Caselle il primo gennaio, alle cinque del pomeriggio. La sera, a casa mia, vi era un pranzo di famiglia. Malgrado la stanchezza, raccontai le avventure mie e dei miei amici fino a tarda notte.

Il lunedì successivo ritornai in Via Parini n. 8, al Massimo D'Azeglio.

Mi accorsi che non sapevo tradurre Cicerone e che confondevo gli ottativi dei verbi greci. Quando avevo ancora negli occhi Kerry e le bancarelle allineate sui Quais, ritornavo a casa con un quattro in storia e in italiano scritto.

Arrivò la prima settimana di marzo. Il quadrimestre si era concluso male. Adesso, dopo la cura di mia madre – una versione di Valerio Massimo ogni giorno – andava meglio.

Gian e Spike non li avevo più incontrati. Le giornate si allungavano. I primi stormi di rondini e gli odori di tiglio invadevano Corso Vittorio Emanuele. Avevo incominciato a scrivere un libro.

Martedì quindici aprile mi telefonò Gian Andrea.

Spike si era ammalato di epatite virale. La malattia era stata fulminante.

Il giovedì mattina andammo ai funerali. Davanti all'altare della chiesa della Crocetta, si allungava la bara; un mazzo di fiori stava sul cofano insieme alla poesia preferita di Spike, *La ginestra* di Leopardi. I genitori chiesero a Gian e a me di fare il discorso.

– Dirò che era debole e un po' sfigato – rispose Gian Andrea.

Nel pomeriggio, ci incontrammo in una profumeria del centro. Gian indossava un paio di pantaloni di tela bianca; calzava già le Timberland basse, da vela, e le Burlington di cotone.

– Sappi comunque, ciccino, che non ci pioveva che la scommessa l'avrei vinta io... – disse Gian Andrea tendendomi una boccetta nera di Drakkar Noir e cercando una banconota da dieci nel portafoglio.

Poi si fermò e, con due movimenti del collo, bruschi, si guardò intorno cercando qualcuno.

– Ma, scusa, a me chi cazzo me la paga la scommessa?

La giovane commessa, divertita, sorrise senza capire.

Torino, giugno 1987

È finita la scuola. Sono andato a vedere i risultati, domani parto. È metà pomeriggio e fa molto caldo, forse pioverà.

Aspetto un amico in un piccolo bar del centro.

Non è Gian, non so più niente di lui.

È un altro, mi chiedo perché.

Il cameriere posa un caffè sul mio tavolo – Sono duemila e cinquecento lire –

Mi chiedo perché non ci vediamo più, perché non viaggiamo più insieme.

Mi viene in mente il viaggio e le cose che sono successe, poi penso – Forse deve finire oppure è giusto così –

Vorrei rifare quel viaggio.

Ora devo andare.

Mi alzo e, mentre esco dal bar, il barista accende la radio. Una canzone sta finendo, l'ho già sentita, la conosco bene, credo.

"This is the end, my beautiful friend,
this is the end, my beautiful friend,
the end."

Mi fermo sulla porta e guardo la strada e penso

che Gian ha ragione, Spike era debole.

La canzone finisce e il barista sintonizza la radio sul telegiornale del pomeriggio.

È arrivato il mio nuovo amico Francesco Giuseppe, soprannominato Franz, il signore delle feste*. Mi tira per la manica.

*Vedi *La negligenza.*

Finito di stampare
nel mese di marzo 1999 presso il
Nuovo Istituto Italiano d'Arti Grafiche - Bergamo

Printed in Italy